KB040466

헌치백

이치카와 사오 市川沙央

1979년생. 와세다대학교 인간과학부 통신교육과정 인간환경과학과 졸업. 「장애인 표상과 현실사회의 상호 영향에 관하여」라는 제목의 졸업논문은 오노 아즈사 기념학술상을 수상했다. 2023년 중편소설 「헌치백」으로 제128회 《문학계》신인상을 수상하며 데뷔했고, 나아가 이 작품의 제169회 아쿠타가와상 수상으로 문학계는 물론 사회적 대반향을 불러일으키며 일약 스타 작가로 떠올랐다. 선천성 근세관성 근병증의 중증 장애인으로 인공호흡기와 전동 휠체어 등에 의지하고, 집필에는 태블릿을 사용한다. 아쿠타가와상 시상식에서 수상 소감으로 전자책과 오디오북 추가 보급 등 '독서 배리어 프리'를 호소했다. 자신이 할 수 있는 가장 쉽고 편한 일로서 20대 때부터 소설을 쓰기 시작해 지난 20여 년 동안 해마다 각 문학상에 SF, 판타지 등의 장르소설과 라이트노벨을 응모해 왔다. 절박한 심정으로 집필한 첫 비장르소설이 「헌치백」이었다. 존경하는 작가로 노벨문학상 수상자 오에 겐자부로, 일본문학 대표 작가 시마다 마사히코, 라이트노벨 작가 와카기 미오 등을 꼽았다.

옮긴이 양윤옥

일본문학 전문 번역가. 2005년 히라노 게이치로의 『일식』으로 일본 고단샤가 수여하는 노마 문예번역상을 수상했다. 무라카미 하루키의 『1Q84』『직업으로서의 소설가』, 오쿠다 히데오의 『남쪽으로 튀어』, 히라노 게이치로의 『장송』『한 남자』『본심』, 사쿠라기 시노의 『호텔 로열』『빙평선』, 히가시노 게이고의 『나미야 잡화점의 기적』『악의』『유성의 인연』《라플라스 시리즈》《매스커레이드 시리즈》, 이치카와 사오의 『헌치백』등 다수의 작품을 우리말로 옮겼다.

Hunchback
ハンチバック

헌치백

이치카와 사오 市川沙央 지음
양윤옥 옮김

비채

큭큭큭 웃어주시기를!

이치카와 사오라고 합니다.

이번에 『헌치백』을 대한민국 독자 여러분께 전해드릴
수 있어서 참으로 기쁜 마음입니다.

한국 사회와 일본 사회는 사회적 약자와 관련하여 많
은 부분에서 공통된 과제를 안고 있습니다. 그리고 보다
나은 미래로 나아가기 위한 방향성과 이상 또한 공유하고
있습니다.

현실 사회를 이야기하는 힘을 가진 한국문학은, 비슷

한 고민과 억압에 고통받아 온 일본 사람들을 깊은 공감으로 이끌어 주고 그 임파워먼트의 힘으로 번쩍 깨어나게 해주었습니다. 저도 그중 한 사람입니다.

문학뿐만 아니라 이창동 감독의 영화 〈오아시스〉가 그려낸 장애 여성의 성과 삶, 로맨스의 이야기는 장애 당사자인 저에게 수많은 감정과, 두고두고 크리에이터로서의 창작 의욕의 원천이 되었습니다.

중증 장애 여성 당사자가 쓴 『헌치백』이 일본에서 발표되었을 때, 문학계에서 크게 화제가 되었습니다. 지금까지 이런 소설은 존재하지 않았기 때문입니다. 저처럼 무거운 장애를 가진 여성이 읽고 쓰는 행위를 통해 공식 무대에서 목소리를 내는 것에는 장애인의 독서 환경이 정비되지 않은 탓에 높고 험한 장벽이 있었습니다. 『헌치백』이 문학상을 타기까지 일본 사람들은 그 장벽을 깨닫지 못했습니다. 『헌치백』은 우리 사회에서 그 존재가 제대로 보이지 않는 사람의, 하나의 작은 목소리입니다.

이 소설의 주인공이 내비친 작은 목소리가 바다 너머까지 전해진다는 게 정말 흐뭇합니다. 행운이자 영광입니다. 이 작은 목소리, 삐딱한 주인공에 부디 큭큭큭 웃어주시기를 바랍니다!

이치카와 사오

차례

\<head>

\<title> 도쿄 최대 규모의 해프닝바[1]에 잠입하여 미나토구區 여성과 '즉석 하메[2] 3P' 성사된 스토리(전편) \</title>

\<div> 시부야역에서 도보 10분. \</div>

\<div> 한 송이 장미가 비스듬히 그려진 간판을 표적으로 나는 욕망의 성에 도착했다. \</div>

\<div> 안녕, 프리라이터 미키오입니다. 이번에 해프닝바로 가장 유명한 XXXXX에 잠입 취재하러 왔습니다. 그럼 지금 당장 레츠 고! \</div>

---

1) 다양한 성적 기호를 가진 자들끼리 성행위를 할 수 있도록 만든 바. 약칭은 '하프바'.
2) 일본어 '하메루(嵌める. 끼우다, 채우다, 박다)'에서 유래한 성적인 은어.

 페어로 매칭한 와세녀[3] S 양과 어깨를 나란히 하고 입점. (약속 장소에 먼저 와 있던 S 양, 방끗 웃는 얼굴이 도쿄 메인 방송사의 애초부터 완성형 신입 미녀 아나운서처럼 아름답네요. 검은 터틀넥 니트에 감싸인 가슴은 E컵!)

 실은 미키오, 이미 회원증 갖고 있습니다(프리라이터로 전업하기 전부터 단골이었죠).

 XXXXX은 3개 층이고, 1층은 프런트와 라커룸, 2층은 바 라운지, 3층이 플레이룸이에요. 오후 8시의 1층 바 라운지는 그럭저럭 괜찮은 느낌으로 북적거립니다. 남녀 비율은 7 대 3 정도.

 XXXXX의 규칙에 따라 바 라운지에서는 탈의도 성관계도 금지. 하지만 키스는 오케이. 나와 S 양이 박스 석에서 사이좋게 모히토를 마시고 있을 때, 같은 모히토를 마시던 커플이 "합석해도 될까요?"라고.

---

3) '와세다대학교 여학생'을 말한다.

 자칭 운동부에서 활동했다는 32세의 상사맨, S 양이 와세녀라는 걸 알고는 자기도 같은 와세다대학교 정경학부 출신이라고 커밍아웃해서 분위기가 후끈 달아오르고 그 기세를 몰아 S 양과 농후 키스에 돌입. 흠, 해프닝바 꽤나 들락거린 모양인데? …참고로, 미키오는 지방대 출신입니다아(^^;)

 "자, 이쯤에서 플레이룸으로 가버릴까?"라고 얘기가 돼서 3층으로. 점원에게 허가를 받아 운 좋게 넷이서 빈방에 입실.

 상사맨의 동행인 미나토구 여성 Y 양 26세는 해프닝바는 처음이라고. 하지만 고등학교 때 5P까지는 경험해 본 적이 있다네? 고딩 시절을 대체 어떻게 보낸 거냐고! 바닥에 빨간 매트가 촘촘히 깔린 플레이룸은 전체 통유리가 리모컨으로 순식간에 스모크 유리로 바뀌는 고급 사양입니다. 흐릿한 유리 바깥에 여기저기 착 달라붙은 지장보살[4]들의 기척을 감지하면서 우선은 Y 양에게 펠라티오를 부탁했죠. 아, 기분 좋아. 역시 5P 경험자는 펠라티오가 능숙하네요. 먼저 샌 것은 꿀꺽해 주신 참에 공수 교대. 나는 옷을 입은 채 하는 취향이라 등 뒤에서 껴안고 Y 양의 블라우스 안을 주물럭거리며 귓속을 할짝거립니다.

 한편 S 양은 스모크 유리에 기대고 선 채 상사맨에게 E컵의 가슴을 빨리고 있습니다. 턱까지 말려 올라간 검정색 니트 속에서 앙앙거리는 신음 소리가 음미淫靡해서 귀엽네요. 넘치는 E컵은 배梨처럼 희고 탱탱한 게 역시나 21세 여대생! 게다가 전혀 처지지 않은 아름다운 거유巨乳입니다!

 내 품 안의 26세 Y 양이 패배감에 창피한 듯 얼굴을 붉히며 고개를 떨군 것도 당연하다고 할까요. 사실은 거유가 딱 질색인 미키오에게는 약간 처진 기미를 보이는 Y 양의 평균 사이즈 가슴이 완전 취향 저격인데 말이죠. 그런 Y 양에게 짐승 같은 음욕이 솟구친 미키오. 팬티 속에 손을 넣어 그곳을 더듬자 이미 촉촉하게 젖은 Y 양.

---

4) 라이브, 페스티벌 등에서 적절한 호응 없이 '지장보살'처럼 멀뚱히 서 있는 사람, 혹은 그런 상태의 관객을 가리키는 은어.

"넣어도 돼?"라고 귓가에 물어보니 "응♡"이라고 흔쾌히 허락해 주는군요. 마침 딱 좋은 타이밍에 천장에서 툭 떨어져 내려온 콘돔 상자를 낚아채 1회전 개시. 정상위로 밀어 올리자 Y 양은 〈마쓰켄 삼바〉[5]의 겐상이 노랫말 끝을 묘하게 꺾어 올리는 것처럼 신음 소리를 내기 시작합니다. 스모크 유리에 손을 짚게 하고 후배위로 S 양을 몇 번이고 보내버리는 상사맨을 흘끔흘끔 쳐다보던 나는 신나게 춤추는 삼바에는 관객이 필요하다는 생각에 리모컨을 집어 들었습니다. 한순간에 깨끗하게 트인 유리 너머에는 한 손을 바쁘게 놀리는 지장보살들이 무리를 이루고 있네요…

보관해 둔 워드프레스WordPress[6] 텍스트 입력 화면을 닫

---

5) 1978년부터 2008년까지 TV 드라마 〈폭주 쇼군〉에 출연한 사극 배우 마쓰다이라 겐(애칭 '겐상')이 근엄한 쇼군 이미지와는 달리 휘황찬란한 금빛 전통 의상, 화려한 게이샤 무용단과 함께 춤추는 콘셉트의 노래. 낮거나 높은 음에서 묘한 콧소리가 특징이다.
6) 오픈 소스를 기반으로 한 설치형 블로그 또는 콘텐츠 관리 시스템.

고 나는 두 손으로 들고 있던 아이패드 미니를 배 위 타월 담요에 내려놓았다. 집중해서 끝까지 마무리하는 사이에 기도에 담이 차서 인공호흡기의 알람이 띵똥띵똥 시끄럽게 울리고 있었다. 호스를 통해 밀려왔다 밀려가는 공기로 그럭저럭 20분 동안 휘저어져 거품이 일어난 담痰에 나는 흡인 카테터를 꽂아 쭉쭉 빨아냈다. 호흡기 호스의 커넥터를 기관 캐뉼러cannula에 끼워 넣은 뒤에 베갯머리에 놓인 아이폰을 손에 들고 비즈니스용 채팅 앱을 열었다.

> 해프닝바 기사 「XXXXX」 전편을 납품
> 했습니다. 피드백 부탁드립니다.

안쪽에서 솟은 담을 다시금 흡인해 모두 제거하자 뇌에 산소가 속속 퍼져 기분이 상쾌했다.

> 고맙습니다. 이어서 후편, 그리고 「헌팅
> 스폿 20선」 후쿠오카 편과 나가사키 편
> 을 주말까지 부탁드려도 될까요?

오케이. 3개 기사 모두, 토요일까지 납

품하겠습니다.

아이패드 미니를 들고 다시 한번 워드프레스에 로그인

한 후 편집부에서 템플릿에 타이틀만 넣어 작성해 둔 기사

중 '후쿠오카 편'이라고 적힌 엔트리를 탭. 여기서부터는 편

집 권한이 〈Buddha〉로 옮겨 간다. 〈Buddha〉는 내 계정 이

름이다. 29년 전부터 나는 열반涅槃에 들어갔다. 성장기에

미처 자라지 못한 근육으로 인해 심폐기능도 정상치의 산

소 포화도를 유지하지 못하게 되고, 그렇게 동네 중학교 2

학년 2반 교실 창가에서 몽롱하니 의식을 잃었을 때부터

줄곧.

길바닥을 내 발로 걷지 못한지도 이제 곧 30년째가 된다.

벽시계는 정오를 넘보고 있었다. 방광을 의식하자 부

쩍 요의가 느껴져서 귀찮았지만 어쩔 수 없이 화장실에

갔다. 열반의 석가모니께서도 이따금 자리에서 일어나 돌

아다녔을 것이다. 캐뉼러의 커프에서 주사기로 공기를 뽑

아내고 호흡기 커넥터를 빼낸 뒤 알람이 울리기 전에 전

원을 껐다.

오른편 폐를 짓누르는 모양새로 극심하게 휘어진 S자 등뼈가 세계의 오른편과 왼편에 독특한 의미를 부여한다. 침대는 왼쪽으로밖에는 내려올 수 없다. 몸을 기댈 때는 오른쪽이 편하고, 하지만 오른쪽을 보려고 해도 고개가 돌아가지 않아 텔레비전은 왼쪽 앞에 놓아두어야 한다. 냉장고 위 칸에도 아래 칸에도 오른손밖에 뻗지 못한다. 왼쪽 다리는 발가락 끝만 바닥에 닿는다. 그래서 '절름거리는 것도 정도가 있지'라는 식의 걸음걸이가 되기 때문에 자칫 방심하면 문 왼쪽 기둥에 머리를 쿵 찧는다.

"…"

오늘 아침에도 멍하니 움직이다가 머리를 박았지만 비명을 위한 공기는 성대에 도달하기 전에 기관 절개구 캐눌러를 끼운 기도를 통해 스스스 새어 나올 뿐이다.

화장실에서 돌아와 호흡기를 달았다. 아이폰 쪽에 트위터 개인 계정을 띄우고 '해프닝바의 천장에서 콘돔 떨어뜨리는 알바를 해보고 싶다'라는 내용의 글을 트윗했다. 딱히 누구도 '마음에 들어요!'를 눌러주지 않는 영세 계정

이다. 자리보전 환자나 다름없는 중증 장애 여성이 1년 내
내 '다시 태어나면 고급 창부가 되고 싶다'라는 등의 글을
올리는 계정이라니, 다들 어떤 반응을 보여야 할지 난감하
기도 할 것이다.

맥도날드 알바, 해보고 싶다.

고교 생활, 해보고 싶었다.

키 크고 늘씬한 미남 미녀에 블랙카드를 쓰시던 부
모님 밑에서 태어난 키 165센티미터의 나는 비
장애인이었다면 천하를 호령했을 텐데… (어떤
천하를?)

태어나고 자란 곳이 모두 가나가와현인데도 도
쿄에는 손꼽을 정도밖에는 가본 적이 없다(마치
다시는 빼고).

오후 1시에 1층 현관으로 들어온 도우미는 식사를 준
비하고, 나는 본격적으로 호흡기에서 벗어나 기상한다. 원
룸 맨션 한 동을 통째로 개조한 장애인 시설 그룹홈 〈잉글
사이드〉는 부모님이 내게 남겨준 마지막 거주지다. 다섯
평짜리 방, 주방, 화장실, 욕실이 내 발로 오락가락할 수
있는 공간의 전부다. 365일, 이곳 외에는 나다니는 곳도
없을뿐더러 간병인과 케어매니저와 방문의사 스태프와
호흡기 렌털업자 외에는 찾아오는 사람도 없다. 서향의 통
유리 창으로 맑은 날에는 후지산 꼭대기가 살짝 보이지만
서쪽은 오른편이라서 고개가 돌아가지 않는다. 벌룬셰이
드 커튼이 내려진 출창을 등지고 와이드데스크 안쪽이 내

정위치로, 오후에는 계속 거기에 앉은 채 시간을 보낸다. 정면 벽에 50인치 텔레비전이 자리 잡고 있는데 그건 웬만해서는 켜지 않고 이웃 입주자 방에서 벽 너머로 들려오는 텔레비전 소리에 이따금 귀를 기울인다. 오후 2시쯤이면 이웃 입주자는 항상 넷플릭스 톱10에 오른 한국 드라마를 보곤 한다.

목 한가운데 구멍을 뚫으면 원리적으로 콧구멍으로 호흡하는 것보다 부하가 떨어진다고 열네 살의 내게 병동 주치의는 설명해 주었다. 그 이후로 인공호흡기가 필요한 것은 반듯하게 누운 자세일 때뿐이다. "미오튜뷸러 미오퍼시[7]는 진행성이 아니니까 괜찮아"라는 게 부모님의 '구두선口頭禪'이었다. 이 단어는 국어사전에 '그럴싸하게 자꾸 얘기할 뿐 내용이나 실속이 없는 말'이라고 나와 있다. 어쨌거나 유전자 에러로 근육의 설계도 자체가 잘못된 것이라서 극적인 진행이 없다고 해봤자 유지도 성장도 노화도 비장애인과 똑같이는 되지 않는다.

---

7) Myotubular Myopathy. 근세관성 근병증.

굽은 목에 최대한 부하가 걸리지 않는 자세를 만들기 위해 의자 위에서 두 다리를 퍼즐처럼 착착 접고 책상 왼쪽의 노트북을 켠다. 3년 전부터 재적 중인 모 유명 사립대의 통신과정은 온디맨드 동영상을 시청한 뒤에 30여 명의 클래스메이트와 포럼 토론을 하는 것으로 1학점의 출석 점수를 따게 된다. 통신대학은 이번이 두 번째다. 나는 중졸이라서 첫 번째 통신대학은 고졸 자격이 없어도 사전에 학점만 따면 입학 가능한 특수생 제도가 있는 곳으로 들어갔다. 학력 세탁이라고 스스로 비웃어 가며 통신대학 순례를 하고 있지만, 내게 사회적인 연결 고리는 고타쓰 기사[8] 프리라이터 알바를 빼고는 이곳밖에 없어서 세상에 한마디로 통용되는 직함, 이를테면 풀다운 메뉴에서 선택하는 직업란에 설정된 선택지, 즉 회사원이니 주부 등등은 애초에 될 가망성이 없는지라 나이 마흔이 되어서도 나는

---

8) 현장 취재나 조사 없이 인터넷 웹사이트, 블로그, 게시판, SNS 등을 검색해 취득한 정보를 가공해서 작성한 기사. 고타쓰(コタツ)는 전기난로를 설치하고 위에 담요를 씌운 탁자로, 방 안에 편하게 앉아서 쓴다는 뜻에서 나온 은어다.

대학생이라는 세 글자에 비용을 지불하며 매달리고 있다.

목에 부하가 걸리지 않는 자세는 결국 허리에 부담이 된다. 그래서 30분이 지나면 다리를 내리고 허리를 달래는 자세로 옮겨 간다. 다시 30분쯤 지나면 목이 마비되기 시작해서 두 다리를 정해진 위치에 착착 접어 올린다. 그러는 동안에도 중력은 S자로 휘어진 내 등뼈를 좀 더 찌부러뜨리려고 한다. 딱딱한 플라스틱 교정 코르셋에 몸통을 욱여넣어 중력에 저항하기 때문에 그 속에서 S자 등뼈와 코르셋 사이에 끼게 된 심장과 폐는 항상 옹색한 심정을 산소 포화도 측정기 수치로 토로한다. '숨 막히는 세상이 되었다'라는 야후 댓글러[9]나 이른바 문화인이라는 자들의 탄식을 목도할 때마다 나는 '진짜 숨 막히는 게 뭔지도 모르면서'라는 생각이 든다. 이 사람들, 30년 전의 산소 포화도 측정기는 어떤 모양이었는지도 모르면서.

늦은 브런치가 소화되면서 머리가 맑아질 무렵, 무들[10]

9) 익명으로 운영되는 야후 뉴스의 댓글러는 남성이 80%(특히 40대가 주류) 이상을 차지하며 대체로 우익사상, 배외주의가 강한 것으로 알려져 있다.

로 미디어 커뮤니케이션 과목의 포럼을 듣고 과제에 답하는 의견을 적어나갔다.

「생각해 보면 다양한 활자에는 필자가 있다」

통신판매 카탈로그의 상품 설명이나 사진의 캡션, 부동산 정보와 구인 광고의 문장도 반드시 그것을 써낸 누군가가 있고 그에 따른 대가가 발생합니다. 크라우드소싱에 등록해 라이팅 알바를 시작하면서 나는 그걸 이제 새삼 인식했습니다. 검색 오염이 문젯거리가 된 지 오래지만, 이른바 고타쓰 기사라고 불리는 SEO계[11] 웹 미디어 기사를 써내는 프리라이터의 대가는 1자당 0.2엔에서 2엔 정도. 고타쓰 기사라는 건 취재 없이 거의 인터넷상에서 수집한 정보들을 짜깁기해 조제남조粗製濫造하는, 페이지뷰 조회수로 돈을 버는 기사를 말합니다. 내가 일하는 웹 미디어

---

10) Moodle. 온라인 학습을 지원하고 관리하는 오픈 소스 전자 플랫폼.
11) Search Engine Optimization(검색 엔진 최적화)의 약칭. 여기서는 구글, 야후, 네이버 등의 검색 키워드 상위 노출을 노리는 마케팅 기사에 대해 말하고 있다.

에서는 남성 대상으로는 성매매 업소 체험담이나 「헌팅 스폿 20선」 같은 기사+매칭 앱 광고, 여성 대상으로는 압도적으로 「재결합 영험 사찰 20선」+전화 점성술 광고 기사가 인기를 끌고 있습니다. '재결합 수요가 대체 얼마나 많은 거야, 헤어진 연인 따위는 냉큼 포기하시지'라는 느낌이지만⋯ 기사 한 편에 3,000엔을 받으니까 간병이나 육아 중인 분, 나 같은 중증 장애인 등, 집 밖에 나가기 어려운 사람들에게는 꽤 괜찮은 알바입니다. 나는 돈벌이가 목적은 아니기 때문에 야한 내용의 기사로 받은 수입은 전액, 가출 소녀를 보호하는 어린이 쉼터나 푸드뱅크, 아시나가 육영회[12]에 기부하고 있습니다만⋯

'후리카케[13]만 있으면 밥을 먹을 수 있다'라는 딱한 리퀘스트 이유가 푸드뱅크의 위시리스트에 적혀 있길래 아

---

12) 부모의 교통사고, 질병, 자살 등으로 고아가 된 아동, 한 부모 가정의 아동 등을 돕기 위한 일본의 대표적 공익 재단.
13) 맛을 내기 위해 밥에 뿌리는 생선, 깨소금, 김 등의 가루.

마존을 통해 부지런히 후리카케를 보내주는 나날이다. 그룹홈의 밍밍한 급식에도 후리카케는 꼭 필요하기 때문에 돈이 있든 없든 후리카케가 구세주인 것은 다를 바가 없다.

이 그룹홈의 토지와 건물은 내 소유로 되어 있고, 그 밖에도 맨션 몇 동에서 관리회사를 통해 임대료 수입이 들어온다. 부모님에게서 상속받은 억 단위의 현금 자산은 손대지 않은 채 여기저기 은행에 그대로 남아 있다. 나한테는 상속인이 없기 때문에 사후에는 모조리 국고로 들어갈 것이다. 장애를 가진 자식을 위해 부모님이 평생 노력해 재산을 남겨주었는데 자식이 후계자 없이 죽어서 모조리 국고로 들어간다는 얘기가 심심찮게 들려온다. 생산성 없는 장애인들에게 사회보장을 빨아먹히는 게 영 마음에 들지 않았던 분들도 이런 얘기를 들으면 조금쯤 체증이 내려가지 않을까?

화장실에 다녀오는 길에 인스턴트커피를 준비해 다시 의자에 앉은 뒤 산소 포화도가 97로 돌아오기를 기다려 아이폰을 집어 들었다.

중절을 해보고 싶다.

　잠시 생각해 본 끝에 이 트윗은 초안을 보관하기로 했다. 노트북 브라우저에서 에버노트를 열었다. 리트윗이 많을 만한 착상은 우선 이곳에 토해낸 뒤에 냉각기간을 갖는 것이다.

　임신과 중절을 해보고 싶다.

　내 휘어진 몸속에서 태아는 제대로 크지도 못할 텐데.

　출산도 견뎌내지 못할 것이다.

　물론 육아도 어렵다.

　하지만 아마도 임신과 중절까지라면 보통 사람처럼 가능할 것이다. 생식기능에는 문제가 없으니까.

그래서 임신과 중절은 해보고 싶다.

평범한 여자 사람처럼 아이를 임신하고 중절해 보는 게 나의 꿈입니다.

코로나가 맹위를 떨치는 시기에는 방에 틀어박혀 지냈지만, 애써 비용을 들여 새로 단장한 설비를 활용하지 않는 것도 그룹홈 개설자의 딸로서 무책임한 듯한 마음이 들어 저녁 식사는 2층 식당에서 다른 입주자들과 함께 하기로 정했다. 야마하의 전동 유닛을 장착한 휠체어에는 외출용 흡인기를 항상 적재해 두고 있다. 인공호흡기에서 벗어나 있는 동안에도 담을 빼내는 흡인기는 한시도 떼어놓을 수 없다. 기관 캐뉼러라는 플라스틱 이물異物이 목에 꽂혀 있는 한, 점막은 제멋대로 싸움을 벌이고, 설계도가 잘못된 호흡근은 제대로 된 분사력을 가진 기침조차 못 한다.

"1층의 도쿠나가 씨 가족분이 포도를 잔뜩 보내주셨어요."

간병인 스사키 씨가 내 앞에 식판을 서빙해 주면서 말

했다.

거봉과 피오네 포도를 세 알씩 담은 작은 접시가 디저트로 딸려 나왔다. 고등어된장조림과 마카로니샐러드, 미역된장국과 밥… 아차, 내 방에서 후리카케를 가져오는 걸 깜빡했다.

마스크 위의 두 눈을 웃음 모드로 만들어 스사키 씨에게 고개를 끄덕여 주었다.

'포도… 가을이네요. 고맙다고 전해주세요.'

그런 정도의 의미를 한 번의 끄덕임으로 표현한다. 정식 인사는 나중에 라인의 입주자 그룹 대화방에 올릴 것이다.

캐뉼러 구멍을 막으면 목소리를 낼 수 있지만 아무래도 목에 부담이 되어 담이 많아지기 때문에 말은 거의 하지 않는다. 고개를 위아래로 젓는 것만으로는 전달하기 어려운 일에만 음성언어를 사용한다. 하지만 말이 길어지면 숨이 가빠서 결국 복잡한 얘기는 라인 대화방을 매개로 하게 된다.

세 줄 건너 대각선상의 자리에서 척추 손상을 입은 야

마노우치 씨가 간병인 다나카 씨의 도움으로 식사를 하고 있었다. 나는 그쪽으로 얼굴을 향하고 두 차례 각도를 틀어 인사를 건넸다. 저마다에게서 가벼운 인사가 돌아왔다. 우수한 자동차 영업사원이었다는 50대의 야마노우치 씨는 말이 많은 사람으로, 베테랑 간병인 스사키 씨를 상대로 끊임없이 세상 돌아가는 얘기를 하고 있었다.

"그나저나 디지털 같은 게 나오기 전에 현역에서 밀려난 게 다행이지 뭐야. 내가 컴퓨터라고는 팔이 움직이던 시절에도 전혀 못 했거든."

음식을 씹는 사이사이에 사정없이 목소리를 발하는 야마노우치 씨의 얼굴 앞에서 마카로니샐러드가 담긴 숟가락이 아까부터 허공에 뜬 채 대기 중이었다.

"요즘에는 자동차 운전석도 죄다 태블릿이에요. 나는 아들 차를 빌려 타보려 해도 아무것도 모르겠더라고요. 라디오도 못 켠다니까."

말끝이 항상 후훗 하는 웃음으로 끝나는 스사키 씨는 주변의 음조를 밝은 장조로 만드는 베테랑 분위기 메이커다.

"그래도 VR이랬나, 그건 한번 해보고 싶더라고. 안경만 쓰면 어디든 원하는 곳으로 갈 수 있다던데?"

"아, 그거 좋죠. 샤카釋華 씨는 VR 해봤어요?"

스사키 씨가 화제를 내 쪽으로 넘겨서 나는 고개를 가로저었다.

'아케이드 게임이든 소셜 게임이든 게임을 시작했다가 오래 이어간 적이 없는 데다 박스를 개봉하고 납작하게 정리하는 게 너무 번거로워서…'

"샤카 씨 방에는 새 기기가 많잖아. 지난번에 구입한 게 북스캐너라고 했던가? 졸업논문, 쓰기 힘들지?"

나는 고개를 끄덕였다.

'이제 겨우 주제를 정할까 말까 하는 정도지만…'

"다나카 씨도 그런 기계 갖고 싶지? 항상 스마트폰으로 만화를 보잖아."

"휴게실에서? 이봐, 다나카, 나도 좀 보여줘. 『도박묵시록 카이지』라든가, 아직도 나오나?"

"안 봤습니다."

후쿠모토 노부유키의 만화를 안 봤다는 것인지 휴게실에서 만화를 본 적이 없다는 것인지 확실치 않은 대답이었다. 30대 중반의 다나카 씨라면 소유에 집착하기보다 만화 앱이라든가 '기다리면 무료'[14]라는 웹툰 쪽을 선호하는지도 모른다. 아니면 세로 스크롤[15]이라든가.

마스크 너머였지만 지근거리에서 딱 한 마디 내뱉은 다나카 씨에게 야마노우치 씨가 당장 "코로나, 코로나!"라고 나무랐다. 자기는 음식을 씹던 입으로 쫠쫠 떠들었으면서.

다나카 씨는 다시 침묵한 채 야마노우치 씨가 원하는 대로 숟가락에 뜬 밥을 된장국에 담근 뒤 밥공기째 입가로 가져갔다.

말하기 좋아하는 야마노우치 씨의 식사를 도와주는 일은 끈기가 필요하다. 자칫 잘못 삼켜서 폐렴에 걸리기라도 하면 큰일이다. 하지만 이곳은 소규모 그룹홈이라서, 환자 관리 규칙이 엄격하던 구시대적 시설처럼 입주자를 심하

---

14) 일본에서 웹툰, 웹소설 플랫폼을 운영하는 한국 기업 '카카오 픽코마'가 개발한 홍보 기법. 구독은 유료가 원칙이지만, 일정 기간 후에 무료로 전환해 주는 서비스로 구독자 수가 급증하는 효과를 거두었다.

15) 2000년대 초에 한국에서 처음 만든 새로운 만화 포맷으로, 이후 일본 만화계도 스마트폰 보급에 따라 우에서 좌로 읽는 사각 틀에서 벗어나 뒤늦게 이를 도입했다.

게 억압하지 않도록 특히 조심해야 한다.

"근데 나는 만화보다 파친코에 가고 싶어."

"모시고 가고 싶긴 하네요. 놀지는 못해도 분위기만이라도…"

"분위기? 분위기만으로는 좀 그렇잖아?"

당사자 공인의 자학적 웃음 포인트가 등장했다.

"뭐, 이제 내 불알도 못 튕길 정도니 한심하네, 한심해."

"야마노우치 씨, 그만하세요. 젊은 여성이 있잖아요."

"아, 미안, 미안."

나는 진지한 얼굴로 고개를 살짝 갸우뚱하고 태연히 된장국을 마셨다. 1979년생이니까 이미 '젊은 여성'은 아니지만, 초경이 19세 때였던 나는 아직 40대로 보이는 모습을 획득하지 못했다. 아니면 내 성장곡선도 표준의 인생에서 드롭아웃한 시점에 등뼈와 함께 S자로 휘어졌거나.

한바탕 온화한 분위기를 조성하더니 스사키 씨는 식당에 내려오지 못한 입주자의 식사를 가져다주려고 주방에 들어가 밥과 반찬을 담은 뒤 식판을 들고 복도로 나갔다.

분위기의 음조가 급격히 단조로 바뀌면서 조용해진 식

당에서 나는 아까참에 냉각해 둔 트윗 글을 세상에 내보내도 별다른 마찰 없이 상온을 유지할지 어떨지 생각해 보았다. 이런 작은 식당이라도 나한테는 공공의 자리이자 사회였다. 사회성 떨어지는 트윗 글은 사회 분위기의 리듬을 흐트러뜨린다. 나의 꼴사나운 절름발이 걸음처럼 사람들의 이목을 흠칫 놀라게 할 것이다. 태아 살해를 욕망하는 것은 56세 척추 손상 남성의 지극히 명랑한 음담패설과는 차원이 다르다.

꼽추 괴물의 트윗은 반듯한 등뼈를 가진 사람들의 글보다 배배 꼬이지 않을 수가 없는 것인데…

껍질 벗긴 거봉을 목 윗부분 외에는 전혀 쓰지 못하는 중년 아저씨의 입에 넣어주는 젊은이의 반듯한 등짝을 바라보며, 나는 깨끗이 발라 먹은 고등어의 등뼈를 젓가락 끝으로 똑 분질렀다.

데스크에 티슈를 펴놓고 디저트 포도 여섯 알을 손바닥에서 내려놓았다. 노트북 왼쪽 옆 공간이 좁아서 거봉한 알이 굴러가 맥없이 바닥에 떨어졌다. 데스크 안쪽으로 돌아 들어가 의자에 앉은 다음에 나는 잠시 궁리했다.

티슈를 한 장 더 뽑아 구깃구깃 뭉쳤다가 펼쳐서 데스크 오른쪽 반절의 넓은 공간에 깔았다. 책상 모서리 가방 헝거에 걸어둔 만능 집게를 들고 바닥에서 얌전히 기다리는 둥근 거봉을 신중하게 집어 올렸다. 위태위태한 오른손의 악력으로 만능 집게의 레버를 유지하면서 물결치는 티슈의 상공까지 아슬아슬하게 옮겨 와 떨어뜨렸다. 3초는 커녕 3분쯤 바닥에 머물러서 세균 범벅이 되었을 그 포도를 구깃구깃한 티슈에 싸서 버렸다.

원룸 방 안에서의 이동이라도 나는 항상 면밀하게 행동 계획을 짠 다음에 몸을 일으킨다. 흡인으로 다 빼내지 못한 담이 중간에 막혀 질식할 위험이 항시 도사리고 있고, 담이 없더라도 무리하게 계속 움직이면 산소 포화도가 떨어진다. 식당에서 포도를 가져오지 않았다면 동선 효율상으로는 우선 가고 싶었던 화장실에 들렀다가 티백 녹차를 머그잔에 내린 후 출렁출렁 흔들리는 맑은 윗물을 바닥에 줄줄 흘리면서 들고 왔을 것이다.

넘어지지 마라, 샤카…

어머니가 당부하던 말의 메아리에 지배를 받으며 의자 위에서 다리 퍼즐을 완성한다. 머그잔은 하루에 세 개를 사용하지만, 그다음 날 오후에 간병인이 와서 세척해 준다. 라인 대화방에 공유한 인원 배치표에는 내일 오후 담당이 다나카 씨로 나와 있었다. 월요일과 금요일 오후에는 반드시 스사키 씨가 나를 담당해 주기 때문에 그 밖의 요일에는 각자 사정에 맞춰 조정한다. 월·금은 목욕을 하고 머리도 감는 날이라서 동성 간병인이어야 한다. 입욕 시에 반드시 동성 간병인을 써달라는 것은 부모님이 시설 관리자에게 특별히 당부한 요청사항이었다. 일손 부족의 세상이라는 건 잘 알지만, 어떻게든 딸의 존엄을 지켜주었으면 하는 부모 마음이 담겨 있었다.

이 시간대까지 폐가 깨끗하게 느껴지는 일은 드물다. 자력으로 뱉어내지 못한 담이 짓눌린 오른편 폐 안쪽부터 차오르면서 무기폐[16) 기미를 보이는 게 보통이다. 얼른 이를 닦고 인공호흡기를 연결해 버리면 편하지만, 침대에 옮겨 갈 수 없을 만큼 무거운 참고 문헌을 과제로 읽어야 하는데 아직 끝내지 못했다. 알랭 코르뱅의 『몸의 역사』에 따르면, 20세기 초에 '시선의 범죄화'에 의해 기형 괴물을 구경하는 천막극장은 쇠퇴하고 그 자리를 대신하듯이 할리우드의 창작물이 인기를 끌게 되었다. 괴물 코스튬이라는 완충 단계를 두면서 기형의 이상함을 아무런 가책도 배려도 없이 눈으로 즐길 수 있게 된 것이다.

두께가 3, 4센티미터나 되는 책을 양손으로 잡고 집중해야 하는 독서는 다른 어떤 행위보다 등뼈에 부하가 많이 걸리는 일이다. 나는 종이책을 증오한다. '눈이 보이고, 책을 들 수 있고, 책장을 넘길 수 있고, 독서 자세를 유지할 수 있고, 서점에 자유롭게 사러 다닐 수 있어야 한다'라는 다섯 가지의 건강성을 요구하는 독서 문화의 마치스모[17]를 증오한다. 그 특권성을 깨닫지 못하는 이른바 '서

---

16) 無氣肺. 폐포 내 공기의 양이 적거나 매우 결핍돼 폐가 쪼그라들거나 닫히는 현상.
17) machismo. 남자다움. 남성 우월주의. '남자다운 남자'를 뜻하는 스페인어 '마초'에서 유래.

책 애호가'들의 무지한 오만함을 증오한다. 구부러진 목으로 겨우겨우 지탱하는 무거운 머리가 두통으로 삐거덕거리고, 내장을 짓누르며 휘어진 허리가 앞으로 기운 자세 탓에 지구와의 줄다리기에 자꾸만 지고 만다. 종이책을 읽을 때마다 내 등뼈는 부쩍 더 휘어지는 것만 같다. 내 등뼈가 휘기 시작한 것은 초등학교 3학년 무렵이었다. 교실 책상을 마주할 때마다 나는 항상 등을 꼿꼿이 세우고 앉았다. 같은 교실의 친구들 3분의 1쯤은 노트에 눈을 붙이고 등을 웅크린 이상한 자세로 칠판 글씨를 받아썼다. 그런데도 대학 병원 재활과에서 아저씨들에 둘러싸여 벌거숭이가 된 몸에 석고붕대가 둘둘 감긴 것은 나였다. 자세가 좋지 않은 건강한 아이들의 등뼈는 눈곱만큼도 휘지 않았다. 그 아이들은 올바른 설계도가 내장되어 있었기 때문이다.

자기 집을 소유한 경우가 거의 없고, 있더라도 건축업자의 아이 정도뿐인 동네였다. 맑은 하늘을 전투기 소리가 뒤덮어 버리는, 이름을 빼앗긴 채 미군과 자위대 기지가 된 도시. 금색 미니스커트를 입은 아이, 돌고래 피어싱을 달고 다니던 아이, 나에게 사이비 교주의 말씀 책을 건

네준 아이. 그 친구들이 그리 좋은 인생에 도달했다고는 생각되지 않지만, 등뼈가 휘어지지 않는 올바른 설계도에 준하는 인생을 보내고 있다는 건 틀림이 없다. 잘못 인쇄된 설계도밖에 참조할 수 없는 나는 어떻게 해야 그 친구들처럼 될 수 있을까. 그 친구들 정도의 수준이면 된다. 아기가 생기고, 지우고, 헤어지고, 다시 합체하고, 생기고, 낳고, 헤어지고, 다시 합체하고, 낳고… 그런 인생의 흉내만이라도 좋다.

나는 그 친구들의 등 뒤를 따라가고 싶었다. 낳는 건 못 하더라도 지우는 것이나마 따라가고 싶었다.

멜라민 접시를 들고 다나카 씨가 데스크로 다가왔다. 나는 인사를 건넸다. 접시를 내려놓고 "점심입니다"라고 마스크 너머로 말한 뒤에 다나카 씨는 세탁기 쪽으로 갔다.

바구니를 들고 방을 가로질러 베란다에서 빨래를 너는 다나카 씨를 옆쪽 시야에 넣어둔 채 나는 발치에 있는 간이 냉장고에서 버터 통을 꺼냈다. 차갑게 굳은 노란 덩어리를 나이프로 잘라 토스트 옆에 곁들였다. 위너소시지 두

개와 달걀 프라이와 용기에 담긴 피클. 점심이라기보다 아침 식사 같다. 부모님과 함께 살던 시절 그대로, 생활 스타일이 바뀌지 않았다. 간병인이 하는 일을 전에는 어머니가 했었다는 것뿐이다.

춤추는 먼지와 나의 세로로 길쭉한 '미오퍼시 얼굴'밖에 비치지 않는 텔레비전 화면의 무위한 검은색을 응시하며 벽 너머의 한국 드라마를 듣고 있으려니 다나카 씨가 데스크 앞에 와서 섰다.

"뭔가 다른 볼일은?"

나는 고개를 가로저었다.

다나카 씨는 그곳에 선 채 잠시 움직이지 않았다. 오늘은 이제 볼일이 없을 것이다. 널어둔 빨래를 저녁때쯤 다시 걷어 들이는 것 외에는.

나는 고개를 갸우뚱했다.

"기부라는 거…"

부직포 마스크의 흰색만큼도 감정이 담기지 않은 목소리로 다나카 씨가 말했다. 다나카 씨는 살빛도 마스크 못지않게 하얗고, 그런 탓에 한참 더 젊은 시절에 양산되었을 터인 여드름 흔적이 아직도 눈에 띄었다.

기부…?

아, 오전에 스태프 그룹 대화방에 올렸던 그 얘기인가.

> VR 고글을 공유 스페이스 비품으로
> 기부할까 합니다. 근데 조작할 줄 아
> 는 사람이 없으면 활용하기가 어려울
> 것 같아요.

그랬더니 시설관리자 야마시타 매니저가 응답했다.

다나카 씨라면 할 수 있지 않을까?

멤버 전원의 읽음 표시가 떴지만, 정작 다나카 씨는 응답하지 않았다.

그 건에 관한 얘기인가…

"약자가 괜히 무리할 거 없잖습니까. 돈 좀 있다고."

약간 긴 문장이 쏟아지고서야 비로소 면적을 반쯤 줄

여 뜬 두 눈으로 멸시하듯이 나를 내려다본다는 것을 깨달았다. 언제부터지? 이전부터 저런 눈으로 나를 보고 있었나?

"나도 약자예요. 그러니까 귀찮은 일거리 늘리지 말아주십쇼."

'앗, 위험한 인물이다!'라고 졸지에 생각했다. 스스로 약자 남성임을 인정한 것이다. 혹시 인셀[18]인가? 무서워라.

내 마음속에 잡힌 주름이 얼굴 이모티콘처럼 몇 개의 선으로 모여 옅은 웃음을 형성했다. 실제 얼굴 표정에는 드러내지 않았다.

"미안합니다."

캐뉼러의 공기구멍을 누르고 말했다.

"안 할게요."

귀중한 내 목소리를 듣고 다나카 씨는 고개를 끄덕여

---

18) involuntary와 celibate의 합성어. 인터넷 문화에서 스스로를 장기간에 걸쳐 이성과의 교류가 없고 경제적 이유 등으로 결혼을 포기한, '결과적으로 독신'이라고 정의하는 남성 그룹. 통상 잠재적 범죄 위험도가 높은 그룹으로 여겨진다.

주는 것도 없이 흘끗 데스크 위의 서적용 오버헤드 스캐너를 한 차례 쳐다본 뒤에 방을 나갔다.

약자가 아닌 사람들끼리였다면 이 시나리오에는 전혀 다른 대화가 줄줄이 이어졌을 것이다.

저거, 어떻게 사용해?

이렇게 열고 밑에 책을 놓고 자동으로 설정하면 5초마다 찰칵찰칵 찍어줘. 책장을 넘기는 엄지손가락은 지워주고.

와아, 편리하네. 나도 만화책이 온 방을 차지하고 있어서 난감하거든.

스텔스 마케팅[19] 같은 썰렁한 대화밖에 생각나지 않는다…

---

19) stealth marketing. 광고임을 명기하지 않고 평판이 좋은 것처럼 위장하는 마케팅. 스텔스기처럼 상대가 눈치채지 못하게 스며든다는 데서 나온 마케팅 용어. '뒷광고'도 이에 해당한다.

썰렁하건 말건 대화하는 것 자체에서 의의를 찾아내는 게 커뮤니케이션 강자다. 나도 알고 있다.

조금 전의 것은 대화가 아니라 공격이었다. 왜 내가 약자 남성에게서 공격을 받아야 하지? 아니, 다나카 씨가 말하려는 바를 모르는 건 아니지만…

창문 너머로 베란다 빨래건조대가 보였다. 질서정연하게 널어둔 침대 시트와 수건과 겉옷들. 속옷은 내가 직접 손빨래를 하고 건조기에 돌려 밤사이에 정리하니까 그곳에는 없다. 내 방에서의 간병인 업무는 다른 중증 환자에 비해 상당히 편한 편이다. 침대용 대소변기와 기저귀도 쓰지 않고, 리프트 이동도, 식사 시중도 필요 없다.

그런 탓에 거리감을 착각해 버린 것인지도 모른다.

짜증이나 멸시라는 건 너무 멀리 동떨어진 것에는 던지지 않는 법이다.

내가 종이책에서 느끼는 증오도 그렇다. 운동 능력이 없는 내 몸이 아무리 소외를 당하더라도 공원 철봉이나 정글짐에 증오감을 품지는 않는다.

접시에 담긴 점심 식사를 반쯤 남기고 노트북을 켰다.

장애지원기술 과목의 교실 수업을 녹화한 강의 동영상 속에서 현역 통학생들은 뇌성마비 환자와 근 질환 환자가 쓰는 입력 장치의 니즈 차이를 전혀 알지 못했다. 불수의운동[20]이 있는 뇌성마비 환자는 고정되고 적당히 묵직한 스틱이 좋다. 자리보전 환자나 몸이 기울어진 근 질환 환자는 가슴팍이든 어디든 자유롭게 올려놓을 수 있는 터치패드가 좋다. 지난번과 지지난번 수업에서도 똑같은 설명을 했었는데 학생들은 여전히 착각하고 있었다. 장애인을 본 적이 없는 모양이다.

미국 대학에서는 ADA[21]에 의거해 전자교과서를 보급하는 것뿐만 아니라 시각장애인이 상자에서 꺼내 곧바로 사용 가능한 사양의 단말기가 아니면 배포물로서 채용해주지 않는다. 일본 사회에서는 애초에 장애인은 없는 것으로 보기 때문에 그런 적극적인 배려는 없다. 책 때문에 고

---

20) 의지와 관계 없이, 또는 의지에 역행하여 나타나는 근 수축 운동.
21) Americans with Disabilities Act. 1990년에 제정된 미국 장애인법. 장애인 차별을 금지하고 자유롭고 평등할 권리를 보장한다.

통받는 꼽추 괴물의 모습 따위, 일본의 비장애인은 상상해 본 적도 없을 것이다. 종이책 한 권을 읽을 때마다 서서히 등뼈가 찌부러지는 것만 같은데도, '종이 냄새가 좋다, 책장을 넘기는 감촉이 좋다'라는 등의 말씀을 하시면서 전자서적을 깎아내리는 비장애인은 근심 걱정이 없어서 얼마나 좋으실까. NHK 교육방송의 〈배리버라〉[22]였던가? 그 프로그램에 자주 출연하던 E하라 씨는 줄곧 독서 배리어 프리를 주장하셨는데 얼마 전에 심장이 안 좋아져 돌아가셨다. 간병인이 옆에서 책장을 넘겨주지 않으면 읽을 수 없는 종이책의 불편함을 그녀는 열심히 호소했다. '종이 냄새가', '책장을 넘기는 감촉이', '왼손에서 점점 줄어드는 남은 페이지의 긴장감이'라고 문화적 향기 넘치는 표현을 줄줄 내비치기만 하면 되는 비장애인은 아무 근심 걱정이 없어서 얼마나 좋으실까. '출판계는 비장애인 우월주의(마치스모)예요'라고 나는 포럼에 글을 올렸다. 연약

---

22) 〈모두를 위한 배리어 프리 버라이어티〉의 약칭. 장애인, 성소수자 등 사회적 어려움을 느끼는 모든 마이너리티를 주제로 하는 복지정보 방송이다.

함을 강조하여 마지않는 문화계 여러분이 사갈蛇蝎처럼 꺼리는 스포츠계가 그 한 귀퉁이에나마 장애인이 활약할 수 있는 장을 마련해 두고 있지 않던가요. 출판계가 지금까지 장애인에게 했던 일이라고는 1975년에 문예 작가 모임에서 도서관의 시각장애인 대상 서비스에 시비를 걸어 폐지시켜 버린 '사랑의 테이프는 위법' 사건[23]; 그런 것뿐이잖습니까. 그 일로 얼마나 시각장애인의 독서 환경이 정체되었는지 알고 계실까요. 프랑스 같은 나라에서는 진즉에 텍스트 데이터 제공이 의무화되었는데…

"앙, 아앙, 아아앙, 하아, 이양, 아아아…"

---

23) 1975년, 도쿄의 한 도서관에서 '사랑의 테이프'라는 이름으로 시각장애인을 위해 문예서를 포함한 각종 도서를 카세트테이프에 녹음하여 대출 중이라는 게 알려졌다. 이에 대해 일본 문예저작권보호동맹에서는 '악용하는 건 아니나 공공기관인 만큼 법을 지켜주기 바란다'라고 이의를 제기하였고, 이후 공공 도서관에서는 저작권자의 허락을 얻지 않고서는 녹음 자료 제작이 불가능하게 되었다. 다만 2010년부터 저작권법 개정에 따라 현재는 도서관 등의 공공시설에서 녹음 도서 등의 장애인 서비스가 저작권자의 허락 없이 가능하다.

오후 9시부터 오전 3시까지, 인공호흡기에 폐를 연결한 나는 아이패드 미니를 양손에 끼우고 읽기도 하고 쓰기도 하는 기계가 된다. 해프닝바 기사의 후편을 마무리하고, 소설 투고 사이트에 연재할 R18[24] 소설을 텍스트 앱에 입력해 나갔다. TL 소설[25]이라는 이름의 여성 대상 관능 라이트노벨이다. 슈퍼달링[26], 재벌 상속녀, 나롯파[27] 같은 요즘 유행하는 형식에 잘 맞추면 순위가 쭉쭉 올라가고 출판사에서 출간 제안이 온다. '에로틱은 돈이 된다'라고 나이스한 무라니시 도오루[28]도 말했었다. "하룻밤에 될 수 있는 직업은 정치가와 매춘부뿐"이라는 대사는 니시신주쿠 탐정 사와자키[29]의 말이었던가. TL 작가도 그 비슷

---

24) 18세 미만 청소년 불가의 소설. R은 restricted(제한된)의 약자.

25) Teen's Love. 일본에서, 여성 대상 포르노 장르의 하나. 주로 성적 요소를 포함한 남녀의 이성애를 묘사하며, 그 밖에 성적 요소가 없는 노멀 러브(NL), 남성 간의 동성애를 그린 보이스 러브(BL), 여성 간의 동성애를 그린 걸스 러브(GL)로 구분한다.

26) 스펙, 연봉, 외모 등의 조건뿐만 아니라 성격 좋고 집안일과 육아에도 협조적인, 여성들의 이상형으로 손꼽히는 남자.

27) 소설 투고 사이트 〈소설가가 되자(小説家になろう)〉에 올라온 작품군에 특징적으로 나타나는 이세계, 유럽풍, 안이한 전개 경향을 야유하는 의미에서 붙여진 명칭. 되자(なろう)+파(派)의 합성어.

한 것이다. 〈Shaka〉라는 펜네임으로 전자서적 레벨에서 발매한 열 권 넘는 작품의 인세는 다달이 조금씩 은행 계좌로 입금되어 내가 알지 못하는 누군가의 학자금이나 후리카케가 되기 위해 곧바로 떠나간다. 엉덩이가 가벼운 돈이다.

여자의 야한 신음 소리를 문자로 표현하는 건 불가능하다고 단언하고 싶다. 어린아이의 환성보다 몇 단계는 어렵다. 다들 이것 때문에 고민이 많은지, R18 투고 사이트에서는 요즘 '아앙' 뒤에 '♡' 마크를 붙이는 '♡신음'이라는 기법이 기세를 올리고 있다. '아앙♡ 아앗♡ 앗♡ 하앙♡'이라는 식이다. 품위가 없어서 나는 쓰지 않는다.

♡는 쓰지 않지만 '아앙'으로 신음 소리를 올리게 하는

28) 1948년생. 포르노 잡지 판매부터 시작해 성인 비디오 제작 프로덕션 설립, 스스로 감독을 맡고 남자배우로 출연하는 스타일로 주목을 받아 1980년대 성인물 초창기에 큰 성공을 거두었다. 선거에 출마하여 낙선, 여러 번의 체포, 사업 실패 등으로 노숙 생활까지 하다가 만년에 자신의 인생을 서적, 드라마로 제작하여 대히트를 기록하는 등, 파란만장한 인생이 화제가 되었다.

29) 2023년 5월(향년 76세)에 세상을 떠난 하드보일드 미스터리 작가 하라 료의 〈탐정 사와자키〉 시리즈의 '낭만 마초'적인 주인공.

건 좋아한다. 글자 수도 벌 수 있다.

"응, 응응, 잇, 앗, 아앗, 아앗, 아앙…"

고령의 처녀 중증 장애인이 쓴 의미 없는 철자가 화면 너머 여성 독자의 '꿀단지'를 벌름거리게 해준 덕분에 돈이 돌아가는 에코 시스템.

돈이 있고 건강이 없으면 매우 정결한 인생이 됩니다.

트위터에 올리지 않은 초안들이 에버노트를 가득 채우고 있다. 좀 더 진지한 논조로 바꿔 〈디스어빌리티&퀴어 스터디〉 과목의 포럼에 문제를 제기하려다가 그것도 관둬 버렸다. 〈장애 여성의 리프로덕티브 헬스&인권〉 강의에서 들었던 문제들은 내 인생에서 한 번도 일어나지 않았다. 장애인 시설이나 근육위축증 병동에서 버젓이 통용되는 이성 간병인, 그리고 그들에 의한 성적 학대도, 시각장애 여성이 임신한 아이를 포기하도록 부모나 의사가 추천

했다는 사례도, 휠체어를 탄 여성이 지하철에서 치한을 피해 도망치지 못했다는 사례도 내 실제 인생과는 전혀 상관없는 얘기였다. 비장애 여성과 장애 여성이 평행선을 달리듯이 장애 여성과 열반에 든 샤카 또한 평행선을 달리는 것 같다. 겹칠 듯하면서도 겹쳐지지 않는다. 부모님과 돈의 보호를 받아온 나는 부자유한 몸을 혹사하면서까지 사회에 나갈 필요가 없었기 때문이다. 내 마음도, 피부도, 점막도 타자와의 마찰을 경험한 적이 없다.

정결한 인생을 자학하는 대신에 쏟아낸, 얼핏 떠오른 희망사항이 마음에 들어서 고정 트윗으로 쓰고 있다.

···

다시 태어난다면 고급 창부가 되고 싶다.

돈으로 마찰에서 멀어진 여자에서, 마찰로 돈을 버는 여자가 되고 싶은 것이다.

질펀한 정사 스토리를 집필한 탓에 투명한 실이 그려진 팬티 라이너를 화장실에서 갈아준 뒤에 5시간을 자고

일어나 보니 야마시타 매니저에게서 라인 메시지가 들어
와 있었다.

> 샤카 씨, 미안해. 내일 목욕하는 날인
> 데, 스사키 씨는 밀접 접촉자, 아사카와
> 씨는 PCR 양성 판정이 나와버렸어.
> ××초등학교에서 몇 개 반에 학급 폐
> 쇄 결정이 내려졌대.

스사키 씨는 손자가, 아사카와 씨는 자녀가 ××초등학
교에 다닌다.

> 저런, 드디어 우리한테도 닥쳤네요.
> 힘드시겠어요. 끄응.

> 내가 어떻게든 나갈 수만 있으면 출근
> 할 생각인데 오늘 상태로 봐서는 일어
> 나는 것도 힘들 거 같아.

무리하면 안 돼요. 이래저래 힘들죠.

몸도 아픈데 인력 배치도 큰일이고,

야마시타 씨가 걱정이에요.

　야마시타 매니저는 지병인 요통이 급격히 악화되어 일주일 휴가를 냈다. 침대에서 일어나지도 못할 만큼 통증이 지속되고 좌약도 거의 효과가 없는 상태라고 한다. 그녀는 그룹홈 설립 때부터 매니지먼트 일을 담당해 왔다. 원래 내 단골 대학병원의 재택 방문부에서 근무했었는데 부모님이 나서서 발탁해 온 사람이다. 보건사 자격증이 있고, 나이는 나보다 한 살 위였다.

어떻게 해야 할지 모르겠네. 역시 남자

간병인은 싫지? 지금부터 어떻게든 간

병인을 알아봐야 하는데…

　〈잉글사이드〉의 스태프는 야마시타 매니저를 포함해 여성 3명, 남성 3명이다. 그 밖에 야간에도 담 흡인이 필

요한 자리보전의 의료적 케어 환자(나는 빼고)에게는 방문
간호 스테이션 쪽 간호사가 파견되어 온다.

　　　　　　　　　　아니, 괜찮아요. 부모님은 꽤 신경이
　　　　　　　　　　쓰였던 모양이지만 나는 뭐, 남성이라
　　　　　　　　　　도…

진짜? 그래도 그건 좀… 하긴 요즘 시절
이 시절이라서 그래주면 고맙긴 하지.

　　　　　　　　　　요즘에는 코로나가 아니어도 일손 부
　　　　　　　　　　족이 좋아질 전망이 없잖아요.

면목이 없네. 어쨌든 간병인을 좀 더
알아볼게! 혹시 못 구하면 금요일은
다나카 씨가 당번일 거야.

　　　　　　　　　　　　　　네, 좋아요.

다나카 씨는 일하는 게 꼼꼼해서 마음

이 놓이기는 해.

                                                    그쵸.

　서로 '(요통) 몸조리 잘하세요'와 '(공부) 열심히 해'라는

이모티콘을 몇 개씩 주고받은 끝에 대화를 종료했다.

　일을 꼼꼼하게 잘한다는 평가에 이의는 없었다. 다만

문맥상 이상하긴 했다. 내 몸을 꼼꼼하게 싹싹 씻어버리는

건가.

　그래도 내가 씻지 않겠다고 하면 다나카 씨는 일거리

가 없어진다.

　일을 하도록 하자. 그냥 그것뿐인 얘기다.

　라인 앱을 닮은 엄지로 파란 바탕에 하얀 새 그림의 앱

을 열고 초안을 보관해 둔 글의 투고 버튼을 눌렀다.

　다른 디바이스와 동기화한 하얀 바탕에 초록 코끼리

그림의 앱을 열고 오래도록 염장해 둔 태아 살해의 욕망을

전문 복붙하고 잘게 잘라 트리 모양으로 연속 투고했다.

**평범한 여자 사람처럼 아이를 임신하고 중절해
보는 게 나의 꿈입니다.**

평범한 여자의 평범한 생활에서 멀어지는 명령을 허가
한 손가락으로 평범한 인간이 되는 꿈을 말하는 갭이 재
미있어서 혼자 웃었다. 애초에 내 트윗 글 따위 아무도 읽
지 않기 때문에 히트를 친다든가 할 일도 없는 것이다.

오후가 되자 오늘의 담당자 니시 씨가 점심 식사 쟁반
을 들고 왔다.

"코로나, 여전히 무섭네."

61세의 니시 씨는 자신도 주 3회 투석이 필요한 신장
병 환자라서 더더욱 무서울 것이다. 나도 무섭다.

"택배 왔어."

데스크에 아마존 봉투를 올려놓았다. 이미 기상해서
데스크 앞 의자에 앉아 있던 나는 엄지와 검지로 그 봉투
를 집어 바닥에 세웠다. 마켓플레이스 중고 책밖에 나온
게 없었던 데라야마 슈지의 『기형의 심볼리즘』[30]이다. 나

는 어머니에게서 물려받은 결벽증이 심해서 헌책을 만지
고도 태연할 수는 없었기 때문에 고민 끝에 북스캐너를
사들였다. 5,000엔이 넘는 전문서든 뭐든 책이 유통되기
만 하면 반드시 새 책으로 구입한다. 도서관 책은 지저분
해서 손댈 수도 없고, 애초에 도서관에 갈 체력도 없다. 헌
책을 집에 두는 것도 싫었지만 업자에게 의뢰하는 복사는
불법이라고 해서 알았어, 알았어, 까다롭기는, 내 손으로
스캔하면 되잖아, 하고 북스캐너를 사들이기로 결심했던
것이다. 불법이라고 해봤자 미성년자의 음주나 흡연, 혹은
코믹 마켓의 2차 창작 동인지 정도 수준일 뿐인데 이렇게
까지 하는 건 역시 결벽증 때문인 모양이다.

---

30) 파격과 전위 실험으로 '언어의 연금술사'로 통한 일본 문화예술계의 신화적 존재
데라야마 슈지의 장편 평론집. 근대화론을 주축으로, 고전문학과 근세에 유행한
기형의 구경거리화, 나아가 국내외의 근대소설, 영화, 신문 기사 등 다양한 장르
에서의 '기형'의 표상에 관한 자료를 바탕으로 독자적인 배우론을 역설한 책이다.
'보통 인간'이라는 허상의 시스템에 의해 사회의 한 귀퉁이로 내몰린 freak(괴물,
괴짜. 기형)가 성속(聖俗) 공간의 '혼재 향(混在 鄕)'에의 안내자로서의 역할을 한
다는 내용이다.

리포트는 어떻게든 넘어가지만 졸업논문이라면 헌책을 피해 갈 수는 없다.

　표상문화론 공개 토론에서 이제 곧 내가 테마를 발표할 차례가 돌아온다. 하지만 아직도 졸업 연구 테마를 정하지 못한 채 헤매고 있다. 바그너의 〈니벨룽겐의 반지〉에 등장하는 난쟁이 알베리히에서 보이는 반유대주의 표상에 대해서? 아니면 '모나리자 스프레이 사건'의 요네즈 도모코[31]와 이와마 고로[32]의 당사자 문학을 페미니스트 디스어빌리티의 시점에서 논해볼까?

　요네즈 도모코는 소아마비 후유증으로 보조 장비를 찬

---

31) 소아마비로 오른쪽 다리가 불편한 여성 장애인 당사자로, 〈우생보호법〉(일본에서 1948년부터 1996년까지 이른바 우월한 생명체 보호를 명목으로 유전적 질병의 경우에는 불임수술이나 중절을 통해 단종을 강제한 법률)과 낙태죄 폐지운동 단체를 설립하는 등 평생 장애인 인권보장과 여성운동에 헌신했다. 우생보호법 개정 문제로 첨예하게 대립하던 중, 1974년 도쿄 국립박물관의 레오나르도 다빈치 특별전시회에서 혼잡을 이유로 '장애인과 유아 동반자의 입장을 삼가 달라'라는 주최 측 발표가 나오자 각 장애인 단체는 항의 활동에 나섰고, 요네즈는 개최 첫날 〈모나리자〉 그림을 향해 빨간 스프레이를 뿌려 아래쪽 유리 케이스가 붉게 물들었다. 기물파손 혐의로 경시청에 체포, 긴 재판 투쟁 끝에 3,000엔의 벌금형이 확정되었다.

오른쪽 다리를 끌고 다니며 활동한 여성해방운동가다. 동일시할 수는 없다고 떠들면서도, 도쿄 국립박물관까지 건너온 〈모나리자〉 그림에 빨간 스프레이를 뿌리려 했던 그녀에게는 적잖이 공감이 간다. 당시에 중절 규제법의 개정 움직임을 둘러싸고 장애인을 낳는 건 바람직하지 않다는 여성 단체와 살해당할 수 없다는 장애인 단체가 격렬하게 대립하고 있었다. 죽이는 측과 죽임을 당하는 측의 옥신각신은 '중절을 선택할 수밖에 없는 사회'를 공통의 적으로 삼는 것으로 아우프헤벤[33]해서 장애 여성의 리프로덕티브 라이츠[34]까지 더듬어 갔고 나아가 아사카 유

---

32) 몸에 장애가 있었으나 부유한 집안 덕분에 별다른 차별을 느끼지 못한 채 살다가 요네즈 도모코를 만나 장애인 인권 활동에 뛰어들었고, '모나리자 스프레이 사건' 이후 그녀의 재판을 적극 지원했다. 이 사건을 소재로 1970년대 장애인과 여성을 위해 투쟁한 주역들을 꼼꼼히 묘사한 자전 소설 『드러난 명화』를 발표하여 그들을 세상에 알리는 데 공헌했다.

33) 헤겔의 변증법 '정·반·합' 중 '합'을 뜻하는 철학 용어. 기본 명제 '정'과 그 부정 '반' 중에서 버릴 것과 취할 것을 선별하여 더 높은 차원으로 상승시킨다는 개념으로, 지양(止揚)으로 번역된다. 2017년, 고이케 유리코 도쿄도지사가 자신의 정책을 주장하면서 '다양한 의견을 아우프헤벤하겠다'라는 식으로 이 말을 남용하면서 화제가 되었다.

호[35])의 이집트 카이로 연설을 낳았다. **1996년**에는 마침내 장애인도 아이를 낳는 측이라는 것을 공식적으로 인정해 주는 법이 정해졌지만, 생식 기술의 발전과 생활 필수품 화에 따라 장애인 살해는 결국 수많은 커플에게 캐주얼한 것이 되었다. 머지않아 비용도 저렴해질 것이다.

그렇다면 죽이기 위해 잉태하려고 하는 장애인이 있어도 괜찮은 거 아닌가?

그걸로 겨우 균형이 잡히잖아.

비장애인과 장애인 사이에서 갈기갈기 찢기는 심적인 고뇌를 〈모나리자〉 그림에 던졌던 요네즈 도모코의 심정 그 자체와 완전히 동일시할 수는 없다. 하지만 내 나름

---

34) Reproductive Rights. 임신 출산 피임 등에 관해 개인, 특히 여성 스스로 결정권을 가진다는 권리. 1994년 국제인구개발회의에서 확립되었다. 성과 생식에 관한 건강과 권리. 다만 여성 장애인에 대한 이 권리는 2년 뒤에야 채용되었다.

35) 골형성부전증의 여성 장애인 당사자로, 22세 때 지역 뇌성마비 장애인 모임에 참석한 뒤 부모로부터 독립하여 활동을 시작했으며, 1994년 국제연합 〈인구와 개발 세계회의〉에 참석하여 일본의 〈우생보호법〉의 차별성을 역설했고, 2년 뒤 1996년 '우생'과 '강제불임수술' 항목의 삭제를 이끌어 냈다. 그해에 자신과 같은 병을 가진 딸 우미(宇宙)를 낳고, 지금도 카운슬링과 수많은 저서를 발간하며 모녀가 함께 활동하고 있다.

대로 〈모나리자〉를 더럽히고 싶어지는 이유는 있다. 박물관이든 도서관이든 보존되는 역사적 건조물이 나는 싫다. 완성된 모습으로 그곳에 계속 존재하는 오래된 것이 싫다. 파괴되지 않고 남아서 낡아가는 데 가치가 있는 것들이 싫은 것이다. 살아갈수록 내 몸은 비뚤어지고 파괴되어 간다. 죽음을 향해 파괴되어 가는 게 아니다. 살기 위해 파괴되고 살아낸 시간의 증거로서 파괴되어 간다. 그런 점이 비장애인이 걸리는 위중한 불치병과는 결정적으로 다르고, 다소의 시간 차가 있을 뿐 모두가 동일한 방식으로 파괴되어 가는 비장애인의 노화와도 다르다.

책을 읽을 때마다 등뼈는 구부러져 폐를 짓누르고, 목에는 구멍이 뚫렸고, 걸어다니면 여기저기에 머리를 쿵쿵 찧으며 내 몸은 살아가기 위해 파괴되어 왔다.

살아가기 위해 싹트는 생명을 죽이는 것과 과연 무슨 차이가 있을까.

젖은 손잡이를 잡고 샤워 의자에 앉았다.

몸에 걸친 것은 부직포 마스크뿐이다. 스사키 씨와 목

욕을 할 때도 '완전 나체에 마스크라니 어째 변태 같다'라
고 매번 생각했는데…

　감색 반소매 폴로셔츠에 반바지 차림의 다나카 씨가
샤워기를 틀어 발밑에서부터 뿌리기 시작했다. 양쪽 발을
넣은 세면기에 뜨거운 물이 채워져 갔다. 내가 욕실에 들
어오기 전에 먼저 샤워할 물을 덥혀둔 걸 보면 분명 일 처
리는 꼼꼼한 편이다.

　다리에서 배로, 몸통과 어깨, 뒤로 돌아서 등으로. 코르
셋을 벗었기 때문에 몸이 무너지지 않게 나는 샤워 의자
가장자리를 잡고 두 팔을 봉처럼 버티면서 가만히 앉아
있었다. 다나카 씨는 일단 샤워기를 내려놓더니 바디 타월
에 비누 거품을 낸 뒤에 내 어깨를 팔로 받쳤다. 거품이 칠
해지는 오른팔과 왼팔은 뼈에 가죽이 달라붙어 있을 뿐인
지주支柱다. 가슴은 코르셋의 억압에 제대로 성장할 새가
없었던 평지라서 도드라진 갈비뼈에 갈색 젖꼭지가 붙어
있을 뿐이다. 미키오가 거유의 여자는 품에 안기가 거북
스럽다고 생각한 것은 그의 모친이 처지지 않은 거유였기
때문이다. 즉, 내 **어머니가 그랬었기 때문이다.** 히로인의

퇴장으로 일약 주역의 자리를 꿰찬 갈비뼈는 의욕이 지나친 나머지 깎아지른 절벽처럼 불쑥 튀어나오고 그 아래의 허리는 아예 없다. 내 상반신은 허공에 내던져져 따로 격리된 옆구리를 왼쪽 골반이 꿰뚫고 있다.

등. 왼쪽 다리. 오른쪽 다리. 발바닥과 발가락 사이사이.

빠짐없이 비누 거품을 칠하자 다시 샤워기를 들고 씻어 내려갔다. 목의 공기구멍에 물이 들어가면 큰 사고가 난다. 다나카 씨는 쇄골에 손바닥 가장자리를 대서 캐뉼러에 물이 튀지 않도록 했다. 아마 자택 격리 중인 스사키 씨에게서 라인 대화방을 통해 조언을 들었을 터였다.

나는 다나카 씨의 얼굴을 쳐다보지 않았고 표정에도 관심이 없었다. 마찬가지로 다나카 씨도 내 몸에 관심 따위는 없을 것이다. 요양시설이나 병원이라는 억압된 장소에서의 동의 없는 이성 간병인과는 달리, 이 상황은 내가 내 의지에 따라 허락한 것이었다. 장애인은 성적인 존재가 아니다. 사회가 만든 그 정의에 나는 동의했다. 우선 내게 편리한 대로 거짓으로 동의했다. 다행히 거짓을 들키지 않을 만큼은 마스크가 얼굴을 감춰주는 시절이다.

마지막 마무리를 위해 몸을 일으켰다. 그러자 165센티미터의 나는 다나카 씨를 내려다보는 모양새가 되었다.

다나카 준, 34세, 155센티미터. 반년 전에 한 번 봤을 뿐인 이력서의 숫자가 생각나 버려서 나도 모르게 한쪽 아래 눈꺼풀이 파르르 떨렸다. 이름까지 생각날 게 뭐람. 불가항력적으로 그는 나를 올려다볼 수밖에 없어서 잠깐 시선이 마주쳤지만 둘 다 무표정은 딱히 달라지지 않았다. 나는 샤워기를 건네달라고 해서 다나카 씨가 돌아서 있는 동안에 평소 순서대로 국부를 씻었다.

프란츠 리스트는 185센티미터의 장신으로 그의 딸 고지마도 몸집이 큰 여성이었다고 전해진다. 바그너와 아내 고지마의 키 차이는 15센티미터에 달한다는 설도 있다. 바그너 자신의 키는 150센티미터에서 167센티미터까지 폭넓게 추정되지만, 작은 몸집이었다는 건 틀림이 없다. 반지를 저주하는 난쟁이 알베리히는 동족 혐오의 산물인지도 모른다.

세속적인 루키즘을 중심으로 하는 졸업논문이라니, 과

연 허용될까.

공개 토론의 입력 화면을 마주하고 키보드에 얹힌 왼손은 내내 움직이지 않았다.

오른편은 몸을 지탱하는 데 써야 하기 때문에 나는 블라인드 터치는 하지 못한다.

오른쪽 시야 끝에서 다나카 씨가 침대 시트를 갈고 있었다.

미세 먼지인지 진드기인지가 마구 춤을 추는지 기관 점막이 간질거리면서 남에게는 들리지 않을 만큼 약한 기침이 났다. 기침을 하고 난 뒤에는 항상 폐에 찬 담을 1시간에 몇 번씩 흡인기로 다 빼내기 전까지 숨 쉬기가 힘들어진다. 이따금 내 머리카락이 깜빡 목의 절개 공기구멍을 통해 기관으로 들어가기도 한다. 머리카락은 섬모를 타고 식도 쪽으로 뱀처럼 슬슬 올라가 후두개를 넘어가는 것인데 그사이에 계속 숨도 못 쉴 만큼 캑캑거리며 괴로워하는 날도 있다.

"한 가지, 물어봐도 되겠습니까."

갑작스럽게 다나카 씨가 말했다.

돌아가지 않는 목 대신에 시선을 그쪽으로 던졌다.

"세라피스트, 어땠습니까."

다나카 씨는 내 쪽을 쳐다보지 않고 침대로 시선을 향한 채 말했다.

세라피스트…?

내 아이폰의 문자 변환 예측에 나오는 '세라피스트'는 여성 대상 성매매 시술사를 의미한다. 그 단어를 사용한 트윗을 3개월 전쯤에 올렸던 게 기억났다.

> 부모님도 세상을 떠나셨고, 이제 여성 대상 성매매라도 검색해 볼까. 세라피스트…

아니, 그 세라피스트에 대한 얘기일 리는 없다.

"〈샤카紗花〉라는 계정, 이자와 씨죠?"

섬모 운동을 타고 나와 캐뉼러에 차오른 담이 덜컥 숨을 막았다.

"읽음 기록과 그룹홈이라는 단어로 누군지 뻔히 알 수

있거든요."

흡인기 스위치를 켜고, 6프렌치 카테터를 커넥터에 끼운 뒤 손거울 속에서 카테터 끝을 캐뉼러에 밀어 넣었다. 몇 번이나 '추송'[36]을 거듭해 기관 내의 담을 낚아 올리듯이 빨아냈다. 추송이라는 단어는 일본에서는 포르노 작가들이나 쓰는 말이지만, 수입원인 중국에서는 17세기의 기서 『금병매』 이전부터 사용해 온 유서 깊은 외언猥言이라고 한다.

나의 뇌 속은 산소결핍증일 때도 그렇지 않을 때도 항상 이런 식이지만, 실제 생활에서는 젊고 성실하며 과묵한 장애 여성 이자와 샤카釋華 씨로 지냈고, 그렇기 때문에 〈Buddha〉와 〈샤카紗花〉는 지금까지 상스럽고 유치한 망언을 거침없이 공개할 수 있었다. 연꽃 주위의 진흙탕처럼 질퍽한 실을 그리는, 늪에서 태어나는 말들. 하지만 진흙탕이 없으면 연꽃은 살아갈 수 없다.

---

36) 抽送. 반복해서 앞뒤로 움직이는 왕복 운동. 피스톤 운동.

그다음 담이 폐에서 밀려오기 전까지 비어 있는 기도에서 성대로 숨이 통하도록 나는 엄지로 캐뉼러 구멍을 막았다.

"그런 사람, 아직 호출하지 않았는데요."

웅크린 채 침대에 깐 시트의 주름을 펴면서 다나카 씨가 그 목소리를 들었다.

"아, 입으로만 센 척하는 거였네."

뭐지, 저 말투는? 방구석 여포라고 비웃으려는 건가.

갑자기 친한 사이처럼 굴고, 대체 뭐 하자는 건가. 벗은 몸을 봤으니 관계를 변화시켜도 되겠다고 착각한 건가. 샤워기와 함께 한순간이나마 생사여탈권을 쥐었다고 대담해진 건가.

폐의 가르랑거리는 소리를 의식하며 호흡을 한 뒤에 나는 다시 목을 눌렀다.

"세라피스트에 관심이?"

베란다에 널어둔 베개와 여름용 이불을 걷으러 나갔다가 돌아온 다나카 씨에게 나는 약간 큼직한 목소리를 던졌다.

"없는데요. 논케[37]라서."

"그럼 뭡니까?"

아무리 생각해도 이 시추에이션은 협박으로밖에는 귀
착되지 않는다. 하지만 낯 뜨거운 트위터 계정을 인질 삼
아 협박해 봤자 나한테서 얻어 갈 게 거의 없는데…

"근데 세라피스트는 임신하게 해주지는 않지요?"

다나카 씨는 베개를 반듯하게 놓고 대형 타월을 그 위
에 편 뒤에 옆으로 치워둔 핑크색 흡인기를 다시 제자리
로 옮기며 말했다.

"그래요?"

깊이 생각해 보지 않았던 맹점에 흠칫 놀라서 나는 불
끈 대들듯이 말했다.

"하지만 공식적으로는 안 되더라도 비밀 만남 같은 거
있지 않나요?"

남성 대상 성매매 쪽에는 그런 거 많잖아.

---

37) 논 게이(non gay)의 줄임말로, 게이가 아닌 사람, 즉 이성애자. 혹은 'non + 기(気)'
의 합성어로, 게이가 아닌 사람을 가리키는 게이들의 은어로 쓰이기도 한다.

"그렇게 임신하고 싶습니까? 아, 그게 아니라 중절이랬나?"

드물게도 다나카 씨의 목소리에서 감정이 읽혔다. 상대를 철저히 바보로 만들어 경멸하고 싶어 하는 감정이.

"다나카 씨도 있잖아요? 꼭 갖고 싶은 거라든가 꼭 하고 싶은 일이라든가."

바닥에 쌓인 시트와 타월과 파자마는 이제 다나카 씨의 두 팔에 안겨 세면실 세탁기에 던져질 것이다. 밤마다 나의 진흙탕을 빨아들인 것들에 남자 손이 닿는다는 것이 새삼 견디기 힘들게 느껴졌다.

"그야 당연히."

"어떤 건데요?"

"이자와 씨가 가진 정도의 돈이라면 갖고 싶네요."

데스크 앞에 멈춰 서서 처음으로 대화 상대의 얼굴을 보며 그가 대답했다.

"어디에 쓰려고?"

"모르죠. 기부 빼고 뭐든?"

거듭된 비아냥에 숨 막힘을 느끼는 나를 거들떠보지도

않고 다나카 씨는 복도 경계까지 가더니 잠시 나가는 걸음을 늦췄다. 자신의 마스크 속에서 다음에 내뱉을 말에 추가 올리브오일[38] 같은 녹색 점액을 엎는 데 필요한 짧은 한순간만큼만. 스트레스로 녹농균에 패하게 되면 그런 색깔의 가래가 나오는 것이다.

"하긴 그렇게 돈이 많으면 세라피스트도 비밀 만남에 고개를 끄덕일지도 모르겠네요."

나는 신경 쓰지 않았더라도 그쪽에서는 싫었던 것이리라. 거절할 수 없었던 건가. 거절해 줬으면 좋았을 텐데. 공격성을 미처 감추지 못할 만큼 강한 스트레스를 나의 입욕 간병인 일에서 느꼈던 것이라면 딱하다. 하지만 〈샤카〉의 트위터 계정을 들여다본 것은 어제오늘의 일이 아닌 것 같았다. 그렇다면 나의 벌거벗은 몸에는 어느 정도

---

38) '추가 올리브오일'은 완성된 요리에 마무리로 올리브오일을 (지나치게) 뿌리는 것을 가리키는 말. 닛폰 테레비 아침 정보 프로그램 〈ZIP!〉의 요리 코너 'MOCO'S 키친'을 담당한 배우 하야미 모코미치가 처음 사용하였고, 올리브오일을 들이붓다시피 해서 화제가 되었다.

의 무게가 있었던 것일까.

다나카 씨는 '돈을 위해서'라고 체념하고 중증 장애 여성의 입욕 간병인 일을 하러 왔고, 보고 싶지도 않은 기형의 몸을 씻는 동안에도 돈 덩어리를 닦고 있다는 마음이었던 것이리라. 부모님의 유산으로 먹고사는 나란 인간이 불로소득의 돈 덩어리쯤으로 보였던 것이다.

하지만 그건 손에 들어오지 않는 돈이다.

그의 말은 빨간 스프레이인 것이다.

그렇다면 나는 모나리자라는 거네…

데스크 가장자리를 두 손으로 부여잡고 나는 오른쪽 폐를 코르셋의 벽으로 으스러뜨릴 기세로 기침을 했다. 점착성 높은 담이 차서 쪼그라든 폐포에 공기가 들어가지 않았다. 공기가 들어가지 않으면 담은 배출되지 않는다. 언제까지고 거기에 머문다. 암브록솔도 카보시스테인[39]도 주문 정도의 효과밖에 없다.

---

39) ambroxol, carbocisteine. 급성·만성 기관지염에서 담의 배출을 촉진하는 진해거담제.

샤카, 수분을 좀 더 충분히 섭취했어야지.

폐포의 탱탱함을 유지하고 담을 부드럽게 할 터인 폐
표면 활성물질의 분비가 바짝 말랐을 만큼 부족했다. 아
니. 아니야, 엄마. 이건 그런 문제가 아니야. 나는 이미 너
무 오래 살아버렸어. 뼈도 폐도 너무 많이 찌부러져 버렸
어. 잘못된 설계도로 지나치게 오래 살아버렸고, 그렇건만
어른이 되는 건 늦었어…

보통은 8프렌치가 표준이고, 수술용으로나 쓰는 6프렌
치의, 파스타로 말하면 카펠리니 같은 흡인 카테터를 기관
지 안쪽까지, 가장 깊숙한 안쪽 폐까지 닿을 만큼 쑤셔 넣
어 나오지 않는 담을 빨아들이고 억지로 긁어내려고 한다.
배에 힘을 주고 기침을 해도 빨아들이고 긁어내도 가슴
속의 담은 배출되지 않아서 어쩌면 이런 식으로 내 아기
도 매우 매우 고집스럽게 저항하며 빨아내도 긁어내도 태
속에서 나오려 하지 않을지도 모른다는 생각에 덜컥 무서
워졌다.

아까 화장실에 갔을 때 붉은 실이 늘어진 게 보였으니

까 몸에 수분이 부족한 것은 그 탓이다. 그래도 어제부터 **터지지** 않아서 다행이다. 앞으로 6일만 지나면 임신하기 쉬운 주기가 되고, 초경이 늦은 사람은 폐경이 빠르다는 속설에 따른다면 내가 인간이 될 수 있는 기회는 이제 그리 많이 남지 않았다.

나를 돈으로만 보는 자에 대해서는 나도 돈을 통해서만 볼 뿐이다.

사회란 게 원래 그렇잖아.

그래서 6일 동안 점잖게 기다렸다가 나는 다나카 씨에게 말했다.

"얼마를 원해요?"

서론 없이도 커뮤니케이션은 정확히 성립되었다. 왜냐면 우리는 둘 다 약자였기 때문이다. 나는 여태까지 다나카 씨를 약자 남성이라는 식으로는 생각해 본 적이 없었지만, 자칭으로도 충분했다. 썰렁하기 짝이 없는 장조의 대화 따위, 연주할 재능이 없는 우리는 단조로, 아니 쇤베르크의 불협화음처럼 틀을 벗어나 진짜 속내를 얘기할 수 있었다. 무조적無調的으로.

그 증거로 다나카 씨는 무슨 얘기냐고 의아해하는 등의 어긋난 템포를 연출하지 않았다.

"1억 엔."

다나카 씨는 말했다.

귀여운 금액에 코 안쪽이 웃고 싶어서 근질거렸다. 내가 사후의 사용 방도를 찾지 못하고 있는 액수는 그보다 훨씬 더 크다.

"1억 5,500만 엔은 어때요?"

목을 누르고 나는 말했다.

"다나카 씨의 키만큼이에요. 1센티미터당 100만 엔. 당신의 비장애인 몸에 가격을 매긴 거예요."

'증여세로 반절을 떼어 가더라도 반올림하면 1억'이라고 하지 못할 것도 없는 금액이다. 그 숨은 뜻을 이해했다고 쳐도 아마 악의 쪽이 더 인상에 남았을 것이다.

다나카 씨가 경멸의 형태로 눈을 가늘게 뜬 것도 무리는 아니었다.

"정자라면 야마노우치 씨도 갖고 있잖아요. 아, 비장애인의 정자가 아니면 싫습니까?"

제법 아픈 곳을 찔렀다.

단순한 비아냥치고는 장애 여성이 가진 콤플렉스의 본질을 건드리는 질문이었다.

"아뇨. 내 체력으로는 위에 올라탈 수 없어요. 아시죠?"

방금 내려놓은 점심 식판을 노트북 덮개 위로 치워놓고 데스크 서랍에서 수표첩과 빛바랜 체크라이터[40]를 꺼냈다. 단지 그것뿐인 동작에도 힘없는 내 팔은 손목과 팔꿈치로 **지렛대**의 원리를 구사해 가며 기묘한 움직임을 보였다.

"1억 5,500만 엔까지는 필요 없어요?"

미리 손맡에 준비해 둔 은행용 인감으로 미싱 자국을 내고 수표 용지를 떼어냈다. 부모님의 유산을 이런 어이없는 짓에 쓰다니, 죄책감에 손이 떨렸다. 은행용 인감과 통장은 평소에는 나만 아는 보관 장소에 감춰둔다. 열쇠를 공유하며 간병인이 매일같이 드나드는 그룹홈에서는 보

---

40) checkwriter. 수표의 위변조를 방지하기 위해 액수가 적힌 부분을 지워지지 않는 잉크로 움푹 파이게 찍거나 구멍을 뚫는 기계.

안 시스템이라야 뻔한 수준이지만, 평생 돈더미만 소중히 지키고 있어봤자 대체 뭐가 남는가. 어차피 내가 살다 간 뒤에는 아무것도 남지 않는다.

대답이 없길래 전원 탭에 체크라이터의 플러그를 꽂고 수표 용지를 본체에 세트했다.

숫자 키를 아홉 번 두드렸다.

"언제?"

짧게 묻고 다나카 씨는 시선을 왼편 침대 쪽으로 향했다.

"지금."

발행인 칸에 서명 날인한 수표를 상대 쪽을 향해 데스크에 척 붙였다.

쓰레기를 보는 듯한 눈빛으로 다나카 씨가 숫자 끝에 달린 '※'표[41]를 내려다보았다.

"퇴근길에 들르죠. 들키지 않게 오겠습니다."

---

41) 수표의 액수 끝에 숫자 0을 추가하는 위조를 방지하기 위해 찍어두는 부호.

내 몸무게로는 폭신하지도 않던 매트리스가 왼쪽에 앉은 남자의 무게로 가라앉았다.

"남자가 '이리 와, 이리 와'라고 하는 건 싫다고 했던가요?"

얼굴에서 벗어낸 마스크를 침대 손잡이에 걸면서 다나카 씨가 비웃음을 보였다.

> 그런 말 하는 남자, 진짜 역겹더라. 유행어라서
> 나도 쓰긴 했지만.

TL 소설 작업에 대한 불만을 프라이빗한 트위터 계정에 무방비로 쏟아내니까 이런 꼴을 당한다. 그뿐만 아니라 고타쓰 기사의 성과물도, 그룹홈 입주자들의 사소한 가십거리를 소재로 한 블로그도, R18 사이트에 부정기로 연재하는 「와세녀 S 양의 난교 일기」도… 내가 지금까지 인터넷에 남겨온 너저분한 분비물의 흔적은 마음만 먹는다면 〈샤카〉 계정을 통해 얼마든지 찾아낼 수 있었을 것이다.

〈Buddha〉이면서 샤카釋華, 샤카釋華이면서 〈샤카紗花〉인 내가 만들어 낸 망상세계의 모든 것을 이 남자는 알고 있다. 그렇구나, 휴게실에서 이자가 읽고 있었던 것은 만화가 아니었다…

영세 계정의 열성 독자 앞에서 몸을 옹송그리고 있으려니 다나카 씨가 내 귓가에 입을 가까이 대고 속삭였다.

"이리 와, 이리 와."

다나카 씨와의 아이라면 양심의 가책 없이 낙태할 수 있다. 나는 확신했다. 그리고 슈퍼달링이 말했더라도 약자 남성이 말했더라도 똑같이 나는 '이리 와'에는 화가 치민다.

"먼저 마시게 해주시죠."

"이자와 씨, 술 마셔요? 술 마시는 거 본 적 없는데?"

"아니, 정액."

"안 좋을 텐데?"

맛이 안 좋다는 것인지 아니면 두 번 사정은 못 하니까 안 좋다는 것인지, 확실치 않은 말투였다.

다나카 씨는 침대 위에 무릎을 딛고 베이지색 면바지의 벨트를 풀기 시작했다. 지퍼를 내린 바지와 트렁크스를 동시에 내리자 축 늘어진 털투성이의 생식기관이 모자이크도 없이 눈앞에 나타났다. 하루치의 일을 하고 땀에 푹 쩌진 그것은 내 전자서적 라이브러리를 가득 채운 성인 만화 속 모브레 요원[42]의 국부와 그리 다르지 않았다.

직사각형 맛김 혹은 한국 김을 가위로 길게 잘라 수정톤으로 척척 붙이고 싶어지네.

엄지와 검지로 집어 끝을 입에 물자 찝찌름한 맛이 났다. 미스터리 작가가 실제로 완전범죄를 시도한다면 역시 하나하나 허무하고 서글픈 감정을 느끼겠구나 하고 생각했다. 혀끝으로 상흔傷痕의 유무를 더듬어 볼 여유까지 있어서, 희미한 요철의 감촉에서 요즘에도 자비로 20만 엔에서 30만 엔쯤은 내야 할 터인 수술을 5년 이상 전에 받은 듯하다는 것을 알아냈다. 보험이 적용되는 일반적 시술이라면 척 보자마자 금세 표는 나겠지만 좀 더 싼 가격에

---

42) 모브(위험한 군중, 폭도의 뜻을 가진 영어 mob에서 나온 말. 애니메이션, 게임, 영화 등에서 주요 캐릭터 이외의 '기타 다수'로, 단지 그곳에 있을 뿐 어떤 개성도 없이 휩쓸리는 캐릭터를 가리킨다)와 레이프(rape)의 합성어.

도 가능할 것이다. 이런 데 돈을 쓰는 사람이구나. 꿰맨 흔적을 모조리 훑을 생각으로 열심히 혀를 뾰족하게 세우고 있었더니 머리가 왈칵 당겨지면서 무리하게 입 속으로 퍽 들어왔다. 어차피 쓰레기처럼 내려다보고 있을 거라고 생각하니 시선을 들 용기는 나지 않았다. 자신과 나, 어느 쪽에 대해서인지는 모르겠지만 다나카 씨는 천천히, 꼼꼼하게, 양손으로 잡은 내 머리를 앞뒤로 흔들었다. 그렇게 해주는 게 나도 편했다.

그가 만일 이걸 굴욕으로 느꼈다면 딱한 일이지만, 그것은 내 입 속에서 분명하게 제 기능을 했다. 명백히 내 타액과는 다른 맛이 섞이기 시작했다.

다나카 씨의 르상티망[43]을 빨고 있는 것 같아서 느낌이 좋았다.

호흡을 하는 데 목구멍 위쪽의 코를 쓰지 못하는 나는

---

43) ressentiment. '원한'이라는 뜻의 프랑스어에서 나온 말. 니체의 철학 용어로, 약자가 강자에게 품는 시기, 증오, 열등감 등이 오랜 기간 쌓여 분노와 무력감, 좌절감에 빠지거나 자타를 공격하게 되는, 단순한 분노를 넘어선 복합적 심리 개념이다.

이 행위에 한해서라면 질식할 걱정 없는 기계가 될 수 있었다. 그래선지 '추송'이 점차로 배려 없이 격렬해지더니 다나카 씨는 여자애 같은 새된 소리로 작게 ♡를 붙여 신음하면서 실컷 나를 흔든 뒤에 목구멍 속에서 움직임을 멈추고 사정했다.

이, 이건 좋지 않은데…

미지근한 점액을 거의 다 삼킬 수 없었다. 기관으로 흘러드는 것을 내 약한 기침은 제대로 토해내지 못했다. 게다가 식도와의 경계에도 걸려서 캑캑거리느라 몸이 꺾였다. 그 부분이 가장 반사에 민감하기 때문이다.

순간적으로 베개에서 낚아챈 타월에 백탁이 섞인 침을 흘리며 캑캑거리는 나를 버려두고 다나카 씨의 불규칙하게 흐트러진 발소리가 멀어져 갔다. 현관문이 닫히는 소리가 났다.

폐에서 부글부글 솟구친 담이 캐눌러 밖으로 넘쳤다.

웬만해서는 이렇게까지 심하게 기침을 하는 일은 없었지만, 그래도 이런 일에 익숙한 나는 숨을 전혀 쉬지 못한 채 베갯머리까지 기어 올라가 반듯하게 누워서 흡인을 하고 호흡기를 장착했다.

만일 전원이 켜지지 않았다면 죽었을 텐데…

폐가 부풀고 담의 거품이 일었다.

1시간쯤 지나 인공호흡기의 모니터에 늘었다 줄었다 하는 기도 내압치 막대 표시가 평소와 같은 진폭으로 가라앉은 무렵, 새로 갈아 끼운 흡인 카테터를 쓰레기통에 버리기 전에 가느다란 관 속의 반들반들 빛나는 분비물을 스탠드 불빛에 비춰보았다.

한 마리, 얼마 정도나 했을까.

…올챙이도 아니고.

다음 날, 아침부터 열이 오르고 오른쪽 폐가 딱딱하게 굳어서 쥐새끼가 세 마리쯤 살고 있는 소리가 났다.

이런 몸이라도 면역계가 강해서 어릴 때부터 웬만해서는 열이 오르지 않는 나는 깜짝 놀랐다.

코로나는 음성이었지만 방문 의사의 판단으로 KS대학병원에 입원하기로 했다. 홈닥터로 옮겨 오면서 이제는 인연이 끊겼다고 생각했던 옛 둥지로 결국 다시 돌아가는 건가. 하긴 KS대학 시라기쿠카이[44]에 시신 기부 의향을 등록해 두었기 때문에 나는 사후에는 반드시 이 캠퍼스로 돌아오게 되어 있다.

호흡기의 기도내압 알람이 쉴 새 없이 삐뽀빠삐빼뽀 울렸다.

흡인성 폐렴이라는 진단이 나왔다.

세 마리의 쥐새끼 중 한 마리를 꺼내기까지 꼬박 하루가 걸리는데 그 틈에 다시 네 마리가 불어난다. 폐 한 귀퉁이가 풀리는가 싶으면 훨씬 더 많은 다른 구획이 꽉 잠겨버리는 식이다. 흉부에서 태풍처럼 몰아치는 담을 꼬박꼬박 흡인하는 것 말고는 어떻게 해볼 방도가 없었다. 링거와 요도 카테터를 통해 저절로 수분이 흘러가 주는 게 그나마 다행이었다.

다나카 씨의 르상티망이 내 폐 안에서 염증을 일으키고 있었다.

---

44) 白菊会. 의학 발전을 위해 사후에 유체를 해부학 실습용 교재로 제공하는 '독지 헌체(篤志獻體)'의 조직.

다음 날, 갈아입을 옷을 챙겨 온 야마시타 매니저는 아직도 요통에 시달리는지 지팡이를 짚고 있었다. 한쪽 다리를 약간 절름거리는 걸음걸이에서 친근감이 느껴졌다.

"샤카 씨, 괜찮아? 코로나 아니어서 다행이다. 와아, 특실은 진짜 넓다, 역시."

걱정 끼쳐서 미안해요.

낭독 앱의 기계 음성으로 대답했다.

아이폰 하나로는 프리라이터 작업도, 대학 과제도 못한다고 나는 미리 각오하고 있었다. 다행히 호흡도 배설도 외부 장치가 해준다. 약으로 일단 열이 떨어지자 건강했던 평소와 그리 크게 다른 건 없었다.

"방금 재택 방문팀 쪽에 붙잡혀 갔지 뭐야. 안도 씨가 어찌나 통증클리닉을 추천하던지."

야마시타 씨도 KS대학병원이 옛 둥지다.

치료받는 게 좋아요. 휴가 신청해서 다녀오세요.

"고마워. 〈잉글사이드〉는 나 없어도 그럭저럭 돌아가니 다행이야!"

산후 요통이라는 거, 꽤 오래가네요.

"그치? 진짜 힘드네. 여섯 살과 세 살 아이 키우는 것만 해도 힘에 부치는 판에."

옆에 세워놓은 지팡이를 이따금 넘어뜨리면서 야마시타 씨는 부지런히 짐을 옷장에 챙겨 넣더니, "음료수나 젤리라도 좀 사 올까"라고 지갑을 손에 들었다. 코로나로 인한 면회 제한은 이제 약간 완화된 참이라서 면회 시간이 10여 분으로 정해져 있었다.

아, 후리카케도요.

"알았어. 아참, 좀 나아지면 연하기능[45] 재활 치료도 넣어달라고 할게."

그건 받아본 적 없는데?

"한 번이라도 지도를 받아두는 게 좋아. 여태까지는 이런 일이 없었잖아."

부모님이 위탁자로 지정해 준 야마시타 씨는 항상 믿음직스럽다.

---

45) 구강 내 침이나 음식물을 정상적인 통로로 삼켜 넘기는 기능.

그게 얼마나 고마운 일인지, 천애 고독의 무력한 헌치백 괴물인 나는 잘 알고 있다. 그렇지, 아빠 엄마?

내 힘으로 벌어들인 돈을 기부하는 것은 부모님이 베풀어 주신 엄청난 행운을 형편이 어려운 사람들에게 돌려주기 위해서다. 믿음직한 지팡이 소리를 울리며 편의점에 갔던 야마시타 씨는 그 참에 노란색 프리저브드플라워 꽃다발을 사다가 창가를 환하게 밝혀주고 냉장고는 엽차 페트병으로 가득 채워준 뒤에 〈잉글사이드〉로 돌아갔다.

사생활이라는 개념 없이 밤낮을 가리지 않고 사람이 드나드는 병원에서는 너무 진지한 공부도, 야한 작업용 독서나 글쓰기도 하기가 어려웠기 때문에 루시 모드 몽고메리의 『잉글사이드의 앤』을 아이폰으로 다시 읽어보기로 했다. 그렇다, 정결한 이자와 샤카 씨는 본디 이런 인간이었는데 말이지.

'잉글사이드'는 앤이 사랑하는 남편과 아이들, 가정부와 함께 살았던 집의 이름이다. 〈빨간 머리 앤〉 시리즈를 애독하던 소녀 시절에는 설마 미래의 내가 올드미스가 되리라고는 털끝만큼도 생각하지 못했다. 하지만 딱히 풍자를 위해 그룹홈에 그 이름을 붙인 것은 아니다.

폐의 쥐새끼가 한 마리 줄어든 이틀 뒤, 야마시타 씨의 부탁으로 다나카 씨가 〈잉글사이드〉에서 내 전동 휠체어를 가져왔다. 그렇다면 그 일은 아무에게도 알려지지 않았고, 다나카 씨도 의심을 사는 일은 없었다는 뜻이다.

접힌 휠체어와 부속 짐바구니를 병실 입구 옆에 세워 놓고 손에 종이봉투를 든 채 다나카 씨는 2초쯤 우뚝 서 있었다. 병실 안을 보고 있는지 나를 보고 있는지는 알 수 없었다. 종이봉투 안에 든 것은 신발이었다.

바스락 소리도 없이 봉투에서 신발을 꺼내 침대 옆 바닥에 가지런히 내려놓고 다나카 씨는 몸을 일으켰다.

나는 『잉글사이드의 앤』에서 도기제 장식품 사냥개 '곡'과 '마곡'을 묘사하는 부분을 찬찬히 읽어보는 척하고 있었다.

"뭔가 다른 볼일은?"

베개 위에서 고개를 저었다.

세탁은 병원 내 서비스를 이용하고 있어서 가져갈 짐도 없었다.

'아직 호흡기를 떼는 것도, 화장실에 가는 것도 어려워서 퇴원은 한참 나중이 될지도 모른다'라는 식의 어련무던한 얘기로 빈틈을 메울 마음도 나지 않았다. 애초에 〈잉글사이드〉에서도 다나카 씨가 담당인 날에 그런 얘기를 주고받은 기억이 없다. "뭔가 다른 볼일은?"이라고 물으면 조용히 고개를 젓는다. 그게 다나카 씨와 나의 조성적調性的 커뮤니케이션이었다.

"죽을 뻔하면서까지 할 일입니까?"

그저 서 있을 뿐, 별다른 동작도 없이 마스크 너머로 나온 음성이어서 마치 인형이 불쑥 말을 내뱉은 것 같았다.

나는 아이폰을 무기처럼 움켜쥐고 있었다.

다나카 씨는 돈에 대한 것만 생각하세요.

기계 음성도 어이가 없었는지 밋밋하게 읽어 올릴 만큼 몹쓸 대사를 써버렸다. 멋도 없고 너무 약하다. 그나마 '댁은 돈에 대한 것만 생각하시죠'라는 게 나았다. '돌아가면 그다음을 계속합시다'라든가. 가쓰라기 미사토[46]처럼 말할 수 있었다면 좋았을 텐데…

다나카 씨가 돈을 벌기 위해 태아 살해의 공범이 되어

준다는 것을 나는 아직 포기하지 않았다. 포기할 수 없었다.

그날 다나카 씨가 실제로 올지 말지 알지 못했기 때문에 수표는 그대로 데스크 서랍에 들어 있었다.

내가 〈잉글사이드〉에 없는 동안 그걸 들고 감쪽같이 어딘가로 도망쳐 버리는 정도는 저질러 줘도 좋았다.

하지만…

애초부터 아무 일도 없었던 것으로만은 하지 말아주었으면 했다.

다나카 씨가 좀 더 사악해 주었으면 했다.

나는 미워해도 괜찮으니까.

TL이라기보다 BL 같은 대사다. 이런 소설 대사 같은 말로 실제 살아 있는 몸을 가진 남자를 설득할 수 있으리라고는 생각되지 않았다.

실제 살아 있는 사회적인 몸을 갖지 못한 것에 대한 한

---

46) 애니메이션 〈신세기 에반게리온〉의 등장인물. 주인공 '이카리 신지'를 비롯한 에반게리온 파일럿들의 보호자이자 작전 지휘관 역할을 맡고 있다. 자포자기 상태에 빠진 신지를 다시 에반게리온에 타도록 설득하는 과정에서 키스를 해주며 말한다. "어른의 키스야. 돌아오면 그다음을 계속하자."

계를 느끼고 나는 아이폰을 방수 시트 위에 내던졌다.

"잘 챙기십쇼."

버려진 아이폰을 내려다보며 그 말만 하고 다나카 씨는 등을 돌려 특실을 나갔다. 간다는 인사도 없이, 평소 담당인 날과 똑같이.

잘 챙기라니, 아이폰을? 내 병을? 아니면…

물론 그 정도의 해독은 나도 할 수 있었다.

다나카 씨는 내가 퇴원하기 전에 〈잉글사이드〉를 그만두었다.

나는 야마시타 매니저에게 몹시 미안한 짓을 했다고 생각했다. 그렇잖아도 일손이 부족한 시기에 그녀의 마음고생을 가중시키는 결과를 초래했기 때문이다.

"야마노우치 씨가 좀 그렇잖아. 아마 젊은 남자애한테 시중을 받는 게 못마땅해서 더 심하게 대했던 것 같아."

'다나카 씨는 젊은 남자로는 보이지만 **남자애**라고 할 만한 나이는 아니지 않은가'라고 생각했지만 이건 상대적인 감각일 것이다.

개설 전부터의 습관으로 정보 공유를 의무로 여기는 야마시타 매니저는 퇴원할 때 가져온 짐 정리가 대충 끝난 내 방에서, 침대 옆으로 장식용 의자를 끌고 와 캔 커피를 마셨다. 내가 재활 치료를 받으러 나간 길에 병원 편의점에서 사뒀다가 야마시타 씨에게 선물한 것이다. 무릎에는 의자에 장식으로 앉혀둔 봉제 인형을 얹고 있었다. 별장이 있었던 괌의 면세점에서 아주 오래전에 사 온 스누피 인형은 몇 번이나 세탁소에 다녀왔지만 금세 거뭇하게 때를 타곤 한다.

"간병인은 당연히 여자가 맡아야 한다고 생각하는 거야. 하지만 우리로서는 남자 간병인이, 특히나 중증인 사람의 경우에는 더 좋은데…"

캔을 입에 대면서 고개를 길게 빼고 창밖을 바라보는 동작에서 오늘은 후지산이 잘 보이는 날이라는 걸 알 수 있었다. 누워 있으면 보이지 않는 풍경이다.

"근데 야마노우치 씨도 몸이 그러니 얼마나 스트레스가 쌓였겠어. 바깥바람이라도 쐬게 해줘야겠다고 생각하고 있어."

나는 진지한 얼굴로 고개를 끄덕였다.

하지만 딱히 아이디어는 내지 않았다.

나는 책임질 수 없다. 다운그레이드된 내 근력으로는 책임질 수 없다.

스사키 씨가 방에 들어와 물었다.

"샤카 씨, 점심은 일어나서 먹을 수 있어?"

'네, 먹을 수 있어요.'

미오튜뷸러 미오퍼시는 몸을 쓰지 않으면 금세 근력이 약해져서 나중에 훈련하려고 해도 전혀 회복되지 않는다. 예전에는 올라 다니던 계단도 이제는 올라갈 수 없고, 화장실에 손잡이를 설치했더니 1년여 만에 손잡이 없이는 일어설 수 없게 되었다.

그래서 열반의 샤카는 죽을 둥 살 둥 침대에서 일어나고 매일매일 아무리 숨 쉬기가 힘들어도 밤이 될 때까지 데스크에 앉아서 버틴다. 종이책을 증오하면서도 종이책에 달라붙어 끝까지 읽는다.

벽 너머 옆방 입주자가 메마른 소리로 손뼉을 쳤다. 나와 비슷한 근 질환으로 자리보전 중인 옆방 여성은 침대 위 이동식 변기에 볼일을 보면 주방 근처에서 대기 중인 간병인에게 손뼉으로 신호를 보내 뒤처리를 부탁한다. 세상 사람들은 얼굴을 찌푸리고 고개를 돌리며 말할 것이다. "나라면 절대 못 견뎌. 나라면 죽음을 선택할 거야"라고. 하지만 그건 잘못된 것이다. 옆방의 그녀처럼 살아가는 것, 그것에야말로 인간의 존엄이 있다고 나는 생각한다. 참된 열반이 거기에 있다. 나는 아직 거기까지는 도달하지 못했다.

귀를 기울이면 새어 나오는 부드러운 한국어 노랫소리, 연애의 성취를 향해 멜로디가 점차로 고조되어 간다. 입원 중에 시간이 남아돌아 텔레비전을 켜놓는 습관이 붙어버린 나는 리모컨을 찾으려고 데스크 서랍을 열었다.

텔레비전은 켜지지 않았다.

건전지를 갈아 끼워도 리모컨이 작동하지 않아 가만히 살펴보니 텔레비전 본체의 통전 램프가 부자연스럽게 깜빡거리고 있었다. 빨간 점멸의 의미를 구글에 검색해 봤다. 고장 사인이라고 한다.

사용하지 않는 사이에 고장이 나 있었다…

전원 플러그를 뽑으러 갈 체력이 없어서 그만 포기하고 리모컨을 다시 서랍에 넣었다.

그 서랍에 1억 5,500만 엔의 수표가 그대로 들어 있었다.

그렇다. 그 연민이야말로 올바른 거리감이다.

나는 모나리자는 될 수 없다.

나는 헌치백 괴물이니까.

곡아, 마지막 날에 나는 너로 하여금 나의 나라를 공격하게 하고 너를 통하여 나의 성스러움을 뭇 나라 백성의 눈앞에 드러내어 그들에게 나를 알게 하리라.

그날, 즉 곡이 이스라엘 땅을 공격해 들어오는 날에 나의 분노는 나타나리라. 나는 나의 시기猜忌와 타오르는 분노로써 말하리라.

나는 폭우와 우박과 불과 유황을 그와 그의 군대 및 그와 함께한 수많은 백성 위에 퍼부으리라.

나는 곡과 해안가 뭇 나라에서 평안히 거하는 자들에게 불을 내리어 그들에게 내가 주 여호와임을 깨닫게 하리라. 나는 나의 성스러운 이름을 나의 백성 이스라엘 가운데 알리고, 다시는 나의 성스러운 이름을 더럽히지 않게 하리라. 뭇 나라의 백성은 내가 주 여호와, 곧 이스라엘의 성자임을 깨달으리라.

주 여호와가 말하노라, 보라, 그것은 오리라, 반드시 이루어지리라. 이는 내가 말한 바로 그날이니라.[47]

---

47) 일본성서협회 구약성서 에스겔서 38장 16절 18절 22절, 39장 6절 7절 8절에서
발췌.

대기실 냉장고에는 항상 세븐일레븐의 메밀국수와 삼
각김밥과 샌드위치가 채워져 있다. 하지만 차디찬 삼각김
밥을 먹고 배탈이 난 뒤부터 내 돈으로 패밀리마트의 삼
각김밥을 사 들고 오기로 했다. 삼각김밥은 일주일에 한
번밖에 못 가게 된 와세다대학교 신주쿠 캠퍼스의 생협
삼각김밥이 내 취향에 가장 잘 맞는데…

책상다리를 하고 앉은 종아리 위에 맥북을 놓고 별 볼
일 없는 글을 써 내려가면서 까끌까끌한 우메보시 씨로
혀 옆면의 기분 좋은 부분을 비비고 있는 참에 콜이 들어
왔다. 맥북을 덮어 가방에 쑤셔 넣고 카디건을 벗어 씌워
둔 옆으로 Rin이 개인실에서 찌푸린 얼굴을 하고 돌아와
애걸하는 눈빛으로 말했다.

"샤카紗花, 세페[48] 가진 거 없어?"

---

48) 여성의 질 세정용 정제수의 상품명.

"미안, 나도 떨어졌어. 센 씨한테 사다 달라고 해."

칸막이의 빨간 커튼을 열고 복도로 나갔다. 체험 입점 때, 빨간 정장을 입은 난쟁이가 쓰윽 걷고 나올 것 같은 이 새빨간 커튼이 마음에 들어 '우선 이 가게로 괜찮겠다'라고 생각했다. 나는 단지 편하게 돈을 벌고 싶을 뿐, 가게든 손님이든 딱히 고르고 말고 할 생각도 없다. Rin은 그렇지도 않은 모양인데 왜 번번이 콘돔을 찢어먹는 건지, 진짜 이상하다.

"샤카예요, 안녕하세요♡".

재차 지명해 주는 단골이 많지만 이번 손님은 처음 온 사람이었다. 댓글 평점을 보고 찾아온 이른바 '추종자'다. 누런 얼굴에 머리숱이 적고 안경을 쓰고 있어서 키다리 미니언을 닮았다. 목소리도 미니언처럼 소프라노였다. 미니언만큼 귀엽지는 않으니까 미니오라고 불러줄까. '즉즉即即'에 'NN[49]'이 가장 적성에 맞는 것 같아 가게 프로필 사진에

---

49) 성매매업소의 은어. 즉즉(即即)은 샤워 없이 즉시 펠라티오와 즉시 삽입. NN은 콘돔 없이 질내 사정.

암호의 ☆ 마크를 붙인 나를 지명한 걸 보면 의례적인 오락성은 추구하지 않는 손님이다. 'E컵의 얼굴 예쁜 여대생과 샤워 없이, 콘돔 없이, 안에 쏘고 싶다'라는 손님. 그게 가장 돈벌이가 잘되는 것이다.

"샤카, 문학부라면서? 답네, 다워."

미니오는 우선 어깨를 만져주겠다고 했다. 침대 가에서 무릎 위에 올라앉아 만지게 해주었다. 드물지만 이따금 이런 손님이 있다. 그들은 그런 페티시스트인 모양이다.

"졸업논문이라… 문학부 졸업논문이란 건 어떻게 쓰지?"

정경학부라고 솔직히 밝히면 진짜로 꼬일 것 같아 대충 낮춰서 문학부인 것으로 했던 나는 적당히 둘러댔다.

"데이비드 린치 감독 작품에서의 장애자 표상."

"오, 잘은 모르겠지만 어렵네, 어려워."

당연한 듯이 미니오의 누런 손은 어깨에 그치지 않고 두 팔을 구속하고 싶은 듯 슬슬 잡고 내려오더니 캐미솔 위로 가슴을 주물렀다. 미니언에게 손이 있었던가? 긴가? 짧은가? 어떤 손이었지?

"실은 나도 잘 몰라요. 제출 기한 내에 다 못 쓸 거 같아."

자칭 스타트업의 시스템 엔지니어라는 미니오는 키보드를 치는 것과 성매매 아가씨의 젖꼭지를 조몰락거리는 것밖에 다른 재주가 없을 듯한 손가락으로 두 개의 젖꼭지를 잡고 귓구멍에 뜨거운 숨을 훅훅 끼얹었었다. 아까 차오프라야강[50]의 수상시장처럼 입 냄새 심한 손님이 귓속을 엄청나게 핥아댔으니까 핥지 않는 게 좋을 텐데…?

"샤카는 머리도 좋고 미인인데 왜 성매매 아가씨 따위를 하는 거야?"

뭐라고? 아가씨 '따위'? 아가씨 '님'이라고 해줄래?

기분 나쁜 사람에게 기분 나쁜 짓을 당하면 기분이 좋아져 버리는 버릇이 있어서 나는 미니오의 괴상한 속닥거림에 오싹오싹 몸을 떨면서 대답했다.

"학비를 벌려구요."

---

[50] 태국의 수도 방콕을 종단하여 타이만으로 흐르는 큰 강. 운하수로가 발달했고, 100년 넘는 전통 수상시장이 자리 잡고 있다.

귀밑에서부터 목덜미까지 인정사정없이 빨더니 미니오가 동정해 주는 척 괴상한 목소리를 냈다.

"고학생이었구나? 딱하게도. 부모님은 무슨 일을 하시고?"

"음…"

"미안. 안 좋은 기억이 떠올랐어?"

노 백신[51]의 아재 말투를 쏟아내면서 미니오가 캐미솔을 위로 당겨 벗겨냈다. '하지만 오늘은 좀 추운데'라고 내 젖가슴이 툴툴거렸다.

"오빠가 교도소에 갔거든요."

"엉?"

"나 중학생 때. 그래서 엄마도 정신이 오락가락, 이상한 종교에 빠져버리고."

"헉…"

"집안의 돈이란 돈은 모두 교단에 기부했어요. 근데

---

51) No Vaccin. 코로나 창궐 때 백신주사를 거부하는 이들의 캐치프레이즈. 그에 더하여 여기서는 '백신주사로도 효과가 없는'이라는 뜻으로 쓰였다.

우리 엄마가 학력 콤플렉스가 있어서 학자금 보험 하나는 무사히 남아 있었죠."

그래서 나는 죽어라 공부만 해서 추천 따위가 아니라 정시로 한 방에 원하는 대학에 들어갔고, 4학년이 되면서 돈에 쪼들린 것은 주로 호스트 '탄' 때문이랍니다. 탄에게서는 오늘도 라인 메시지가 오지 않았다. 너무해. 그 대신 지난주 해프닝바에서 사귄 상사맨에게서 OB 방문 초대가 들어왔다. 어차피 2차로 호텔에 갈 거고, 나도 가고 싶다.

이렇게 섹스가 좋아져 버린 것도 탄에게서 실컷 교육을 받은 탓이다.

증오해.

"그러니 돈이 부족하겠지. 아, 우리 샤카에게 전신 립, 받고 싶다."

미니오는 기껏해야 KO 선생[52] 서너 장으로 내 몸을 실컷 갖고 놀면서 학업에 큰 기여라도 해준다고 생각하는

---

52) 'KO'는 게이오기주쿠(줄여서 Keio)대학교의 약칭. 이 대학교의 설립자는 후쿠자와 유키치, 만 엔짜리 지폐에 그려진 인물이다.

모양이다. 황토색 똥 새끼가.

"근데 오빠는 뭘 어떻게 하다가?"

미니오를 눕히고 위에 걸터앉아 옆구리 아래쪽을 핥고 있을 때 질문이 날아왔다. 시시콜콜 파고드는 손님과 아무것도 묻지 않는 손님이 있다. 파고든 채로 질문하는 놈도 있고.

"어떤 여자를 죽였어요."

"허억…"

"졸업하자마자 취업한 회사에서 갑질을 당해 반년 만에 그만두고 1년쯤 빈둥빈둥 놀았는데, 요양보호사 자격증 따서 노인 복지시설에서 근무했죠. 2년을 일한 뒤에 같은 법인이 운영하는 그룹홈의 간병인이라나, 하는 걸로 옮겨 갔어요. 근데 그곳 입주자를 죽여버렸대요."

'어'라느니 '허'라느니 불명료한 응답은 답답해서 아이폰 이퀄라이저로 확실하게 해버리고 싶지만, 대부분의 손님들이 비슷비슷한 반응을 보인다.

"목을 졸라 통장과 인감도장을 어디 뒀는지 알아내고 그걸 갖고 튀어서… 금세 잡힐 게 뻔한데."

"아이고, 우리 샤카도 힘들었겠네."

전신 립이 엄청 피곤해서 더 힘들어.

불알에 닿을락 말락 하는 안쪽 사타구니에서 잠시 숨도 돌릴 겸 엄청 야한 "하아앙" 소리와 함께 고개를 들고나는 방끗 웃었다.

"손님 같은 사람하고 이렇게 놀다 보면 괴로운 일도 다잊어버려요."

미니오가 껌뻑 넘어갔다. 더블치즈버거 옆구리의 체더치즈처럼 눈꼬리와 입가가 사르르 녹는다.

"우리 샤카, 최고다."

그러면서 중지를 넣어 왔다. 그대로 내 몸을 홱 돌리더니 허겁지겁 젖꼭지를 물고 늘어졌다.

펠라티오는 생략인 거야? 안에다 씻는 취향인가?

"벌써 엄청 젖었네."

"손님이 다정하니까…"

다른 손님과 별반 다를 바 없는 너절한 난폭함으로 휘저어 댄 그곳에 다짜고짜 쑤셔 넣었다. 탄에게서 사흘째연락이 없어 신경질이 나 있던 나는 사상 최고로 흥분한 여자애 목소리를 낼 수 있었다. 오페라로 치면 콜로라투라. 탄과 하고 난 다음 날은 행복하지만, 못난이 손님과의 갭 때문에 우울해져서 환자처럼 작은 소리밖에 내지 못한다. 모두 탄 잘못이다. 증오해. 탄 때문에 나는 항상 가슴이 아프고 행복하지 않다. 불행감이 심해질 때마다 탄과의 섹스 장면을 무한 재생하면서 지냈더니 마침내 뇌로 절정에 도달할 수 있게 되었다.

탄은 얼굴 잘생긴 게 좋아.

하지만 상사맨은 테크닉과 리듬이 경험해 본 적 없을 만큼 좋았다.

상사맨으로 갈아타면 행복해질 수 있을까.

아르망디 샴페인 사주지 않아도 다정하게 대해줄까.

"NN 좋아하는 여자애는 뽑아내는 것도 잘하지? 혹시라도 바보같이 싱글맘이 되어서 빈곤을 재생산하지 않도록 조심해."

"응, 괜찮아요."

거짓말이다. 피임약은 몸에 맞지 않아서 이제 먹지 않는다.

"졸업논문, 열심히 써야 돼?"

"네엥."

"싼다아?"

"네엥."

하얀 천장에 매립형 조명의 외눈이 환한 빛으로 나를 내려다본다. 나는 빛을 응시한다. 빛 너머에서 연꽃이 피어난다. 진흙탕에서 피어나는 열반의 꽃이다.

오빠가 죽인 여자의 좀 이상한 이름과 좀 이상한 병명을 나는 지금도 기억하고 있다.

중학교 2학년이던 그 무렵에도 나는 거의 매일 밤 가위에 눌리곤 했지만, 지금도 계속 고민하는 중이다. 그 사람이 마지막 날까지 생각했던 것과 그 사람이 마지막 밤에 보았던 것에 대해서.

내가 지어낸 이야기는 무너져 가는 가족 안에서 제정신을 유지하며 살아남기 위한 방도였다.

그녀가 지어낸 이야기가 이 사회에 그녀를 존재하게 해주는 방도였던 것처럼.

내게는 오빠 따위 없고, 나는 어디에도 없는지도.

진흙탕 속에 하얗게 빛나는 생명의 씨앗이 떨어진다.

샤카釋華가 인간으로 존재하기 위해 죽이고자 했던 아이를 언젠가/지금 나는 잉태할 것이다.

1. 아버지는 낯부끄럽다면서
크게 화를 내셨죠

Q. 데뷔작 『헌치백』으로 2023년 5월 제128회 《문학계》 신
인상, 이어서 7월에는 제169회 아쿠타가와상을 수상하
셨어요. 당시 기자회견에서 "《문학계》 신인상 최종 후보
에 올랐다는 연락을 받았을 때부터 지금까지 감정이 사라
진 것만 같다"라고 하셨는데, 이번 아쿠타가와상 수상 소
식을 듣고는 어떻습니까?

A. 지금도 별반 달라진 것 없이 평온한 상태예요. 집을 벗
어나 멀리 나가서 대기하고 수상 기자회견까지 막힘없
이 끝나서 안도하는 마음도 있고, 청해주시는 대로 "네,

네” 하고 여기저기 원고 청탁을 받아버려서 “마감이 얼마 안 남았잖아!” 하는 걱정 외에는 덤덤한 편입니다.

Q. 아쿠타가와상 수상 소식은 어디서 들으셨습니까?

A. 어머니, 사촌 언니, 담당 편집자와 함께 호텔에서 오후의 차를 즐기면서 기다리고 있었어요. 마침 사촌 언니가 취업하고 독립해서 그것도 축하할 겸. 곁에서 보기에도 즐거웠고, 저한테는 그게 다행이었어요. 오후 4시부터 시작하는 심사회에 대해서는 거의 의식하지 않았으니까요. 그러다가 오후 5시 반이 지나면서부터 이제 곧 발표라고 생각하니까 오른손이 좀 찌릿찌릿했어요. 흥분해서 마음이 설렜는지… 어딘가 관능적인 찌릿찌릿함이라고 할까.

Q. 『헌치백』의 주인공은 선천성 ‘미오튜블러 미오퍼시’라는 난치병을 앓는 여성이죠. 이치카와 작가님도 환자 중

한 분으로서 지금까지 어떻게 이 질병과 마주해 왔는지, 얘기해 주실 수 있을까요?

A. 선천성 미오튜뷸러 미오퍼시는 젖먹이 때부터 근력 저하가 나타나고 이후 지속되는 질환입니다. 저는 유아기에 목을 못 가누거나 일어서기 힘든 증상이 있어서 대학병원에서 검사를 받았어요. 확정 진단을 받은 건 열 살 무렵이었죠. 근력 약화로 심폐기능까지 떨어지는 게 이 병의 특징이라서 열네 살 때부터 누워 있을 때는 인공호흡기를 사용해 왔습니다.

2. 열네 살, 눈을 떠보니…

Q. 혹시나 해서 검사를 받으려고 병원에 입원한 동안에 의식을 잃었고, 눈을 떴을 때는 기관절개에 인공호흡기가 달려 있었다고 하던데요.

A. 정확하게는 기관절개 전 삽관 상태에서 눈을 떴고, 그 며칠 뒤에 절개수술을 받았습니다. 실은 아쿠타가와상 수상 회견 때는 프라이버시를 고려해 공개하지 않았지만, 같은 병을 앓는 일곱 살 연상의 언니가 있어요. 언니는 중학교 입학 때쯤부터 심폐기능 저하로 인공호흡기를 달고 집에서 지내왔습니다. 원래부터 허약 체질이던 언니에 비하면 저는 체질적으로는 (근력은 빼고) 튼튼한 편이었기 때문에 그렇게 언니와 똑같은 상태가 된다는 건 예상을 못 했지만, 그래도 청천벽력이라고 할 만큼 뜻밖의 일은 아니었어요. 조숙한 편이었다면 섬세하게 이런저런 고민도 많았을 텐데, 저는 딱히 충격을 받는다거나 고민했던 기억도 거의 없습니다.

그 입원 이후로 학교생활에서는 드롭아웃했어요. 초등학교 때 위태위태한 체력으로 비장애 친구들과 함께 어울리느라 피폐해진 참이라서 실은 정신적으로나 신체적으로나 한결 편해졌죠. 그보다 당시에는 자택에서 학습할 수 있는 선택지가 전무하다시피 해서 독학을 할 수밖에 없었습니다. 왜 그런지 장애나 질병으로 학교에 못 가는 아동의 집에 선생님이 직접 찾아오시는 방문 학급 등도 추천해 주신 적이 없어요.

지금 생각해 보면 부모님이 교육에는 무심했던 것 같아요. 진학도 취직도 그 이후의 일도, 정말 아무 기대도 안 하셨어요. 오히려 서포트해 주기도 힘들고, 아무 일 없이 조용히 지내줬으면 했을 거예요. 중증 장애를 가진 딸이 둘이나 있었으니까 그럴 만도 하지요.

Q. 부모님과 언니는 이치카와 작가님이 소설을 쓴다는 건 알고 계셨습니까? 이번 아쿠타가와상 수상에는 어떤 반응을 보이셨는지…

A. 소설을 투고한다는 건 알고 있었어요. 인터넷 접수가 없는 문학상은 레터팩[1]을 저 대신 우체통에 넣어주셔야 했으니까요. 아버지가 어느 틈에 『헌치백』을 읽어버렸는지, 낯부끄럽다고 크게 화를 내면서 "이런 창피한 얘기로 아쿠타가와상을 타서 뭐 할 건데!"라고 처음에

는 혼을 냈었는데, 막상 상을 탄 지금은 그리 싫지는 않 겠지요?

언니와는 라인 메시지로 "뽑혔어. 상 탔어." "헉, 설마. 진짜야?"라고 대화를 주고받았어요. 우리 집은 온 가족 이 항상 병이 중한 언니를 중심으로 돌아가는 분위기였 기 때문에 선천성 미오튜뷸러 미오퍼시라는 질병을 이 야기할 때, 아무래도 제가 아니라 언니 쪽 얘기를 하게 되더라고요. 그래서 느낌상으로는 당사자라기보다 환 자 언니를 둔 동생이라는 의식이 있었어요. "이건 어떤 의미에서는 기만인지도 모른다"라고 항상 마음에 걸렸 는데, 『헌치백』은 처음으로 나 자신의 당사자성을 정면 으로 마주하며 써낸 소설이라고 할 수 있습니다.

---

1) 전용 봉투 우편물.

3. 아쿠타가와상
후보작을 연구하다

Q. 장애 당사자로서 수상작에 담은 생각을 들려주세요.

A. 『헌치백』은 거의 단번에 써 내려간 작품이라서 의식할
만한 시행착오라는 것도 없이 제 감각과 머릿속 이미지
를 그대로 출력해 낸 느낌이에요. 이렇게 말하면 어폐
가 있겠지만, 이 작품은 사실 아쿠타가와상 기자회견장
을 염두에 두고 썼습니다. 그 자리에 서서 독서 배리어
프리에 대해 호소하고 싶었어요. "어째서 2023년 지금
까지 장애 당사자 작가는 거의 찾아볼 수 없는가, 이건
좀 문제다"라고 생각해 왔으니까요. 그래서 아쿠타가와
상에 승부를 걸어볼 작정으로 최근의 후보작들을 연구
했습니다. 작년에 나름대로 자신이 있었던 라이트노벨
이 낙선해 버리는 바람에 약간 삐딱한 심리가 그 전제
에 있긴 했지만⋯ 저 스스로도 기행으로 내달린다고 자

각하면서 무모한 도전에 뛰어들었죠. 물론 민망해서 여태까지 아쿠타가와상을 노리고 글을 쓴다는 얘기는 아무에게도 못 했어요. 지금 처음 말씀드리는 거예요.

『헌치백』으로 먼저 응모한 《문학계》 신인상을 원래부터 동경해 온 건 사실입니다. 하지만 돌이켜 생각해 보면 《문학계》 신인상 수상에 대해서는 이미지 트레이닝을 전혀 안 했어요. 머릿속에 아쿠타가와상에 대한 생각밖에 없었으니까요. 그래서 《문학계》 신인상 수상 연락을 받았을 때는 오히려 깜짝 놀랐고, 상상을 못 했던 일이라서 더 허둥거렸던 것 같아요. 뭔가 좀 모순되는 얘기지만… 어쨌든 《문학계》 신인상을 동경해 온 것도 사실이고, 이시하라 신타로 씨의 데뷔 경로를 뒤따르게 된 것도 기쁜 일입니다.

4. 졸업논문이 출발점

Q. 작년까지 와세다대학교 통신교육과정에서 공부했고,
그 졸업논문이 수상작의 첫걸음이었다고 하던데요.

A. 졸업논문은 장애인 표상 역사의 과거와 현재에 대한
정형적인 분석, 장애인 표상의 가능성을 논한 것이었
어요. 스토리에 있어서 장애인에게는 항상 뭔가의(대부
분 스테레오타입의) 역할이 떠맡겨집니다. 그에 대한 의
문이 출발점이었어요. 결론은 소설이나 영화 등 다양한
장르의 작품에서 크리티컬 매스[2]인 30퍼센트 비율만
큼 장애인이 묘사된다면 스테레오타입이라는 건 없어
질 것이다… 하지만 장애 당사자만으로 30퍼센트는 달
성할 수 없죠. 당사자냐 아니냐를 따지는 것도 프라이

---

2) critical mass. '임계질량'을 뜻하는 물리학 용어로, 다양한 영역에서 '어떤 일이 급속
히 영향력을 갖게 되는 분기점'이라는 뜻으로 사용된다.

버시 문제가 있을 거고요. 그래서 당사자도 비당사자도 어찌 됐든 자유롭게 장애인을 묘사한다, 그걸 실천적으로 늘려나가는 게 중요하다고 생각해요. 말하자면 "아무 의미 없이 행인 A로서 신체 장애인이 묘사된다면 좋겠다"라는 취지입니다.

졸업논문을 쓰는 동안에 장애 당사자 작가나 중증 장애인이 주인공인 순수문학을 거의 찾아볼 수 없었다는 것이 『헌치백』으로 이어졌습니다. 당사자 작가가 묘사하면 의미가 있을 만한 테마의 한 예로서, "장애 여성의 리프로덕티브 헬스&라이츠나 인터섹셔낼리티[3]가 있지 않느냐, 이 장르, 이 테마는 블루 오션이 될 수 있다"라고 제안했었는데 결국 그걸 제가 직접 해버린 셈이 됐어요.

Q. 원래 스무 살 무렵에 주위 사람들은 취직하는데 나도 뭔

---

3) intersectionality. 인종이나 젠더 등 복수의 요소가 서로 영향을 주고받는 것.

가 일거리가 있었으면, 하는 생각에 소설을 쓰기 시작했고, 그 후 20여 년 동안 끊임없이 문학상에 응모해 왔다고 들었습니다. 그것과 병행해 프리라이터 일도 하셨다던데요.

A. 크라우드소싱으로 한 편당 3,000엔 정도의 고타쓰 기사 알바를 했어요. 채용 테스트 때 파워 스톤[4] 가게에 대한 소개 기사를 써내라고 하길래 깔끔한 기사를 내는 곳인가 했는데 실제로 들어온 의뢰는 '헌팅 스폿'을 소개하는 기사뿐이고, 갈수록 야한 내용이 많아져서 결국 관두기도 하고… 온라인 서점 〈honto〉의 북트리[5]에 책 소개 글도 몇 편 올렸습니다. 의뢰만 해주신다면 다음에는 제 이름으로 〈honto〉 북 큐레이터를 하고 싶네요. (웃음)

---

4) 영험한 기운이 있다는 돌.
5) 독서 생활에 필요한 도서 관리, 독서 기록 및 노트를 작성하고 공유하는 애플리케이션.

Q. 실제로 글쓰기가 '직업'이 되었다고 느낀 순간은 언제였을까요?

A. 웹 라이터도 그렇고 TL 소설의 전자서적 출간도 알바 느낌이었으니까, 말 그대로 직업이 되었다고 의식한 것은 《문학계》 신인상으로 『헌치백』이 지면에 발표된 뒤에 첫 원고 청탁이 들어왔을 때라고 할까요. 《문학계》가 아닌 다른 문예지에서 에세이를 써달라고 하셨어요. 마감 날짜를 멀리 잡아주셔서 아직 나오지는 않았습니다. 『헌치백』 이외에 작가로서 처음 글이 실린 건 《유리이카》[6]의 오에 겐자부로 추모 특집이었어요. 근데 일을 받기는 했는데 이제 막 데뷔한 신인이 감히 오에 겐자부로 작가님에 대해 쓴다는 게 너무 부담스러워서 거의 죽다 살아났어요.

---

6) ユリイカ. 인문서적 전문 출판사 세이도샤(青土社)에서 간행하는 월간 예술종합지로, 시 및 비평을 중심으로 한 문학 전반과 사상 등을 다룬다. 제호는 '유레카(Eureka)'에서 유래했다.

소설 투고도, 웹 라이팅 알바도, 대학 리포트도, 딱히 누가 쓰라고 해서 쓴 것이 아니었으니까요. 대학은 수업료를 내고 다니는 곳이잖아요. 제가 결코 글쓰기를 좋아하는 것도, 잘 쓰는 것도 아니라서 술술 써내지는 못하지만, 어떻든 글로 돈을 받는 일이니 열심히 하자고 마음먹고 있습니다.

Q. 지금까지 어떤 문학상에 응모해 왔는지…

A. 주로 여성 독자를 위한 라이트노벨 쪽이 많고, 이따금 SF와 본격 판타지 신인상에도 도전했습니다. 이른바 재벌가 며느리 얘기, 미스터리 취향의 다크 판타지, SF라면 심해 세계에서 보이지 않는 침략자와 싸우는 여성 병사의 스토리 같은 거였어요. 코발트 노벨대상[7]은

---

7) ノベル大賞. 만화 전문 출판사 슈에이샤(集英社)에서 창간한 라이트노벨 레이블 '코발트 문고'에서 주최하는 문학상.

20년 넘게 꼬박꼬박 응모해서 700매 분량의 작품을 1년에 세 편을 쓴 적도 있습니다.

당사자 표상은 『헌치백』이 처음이 아니라 라이트노벨에서도 장애인 주인공의 스토리를 썼습니다. 「와병 황녀의 안락의자 탐정물」이라든가.

5. 독서의 '특권성'

Q. 지금까지 응모해 온 엔터테인먼트 쪽 작품과 순수문학인 《문학계》 쪽은 상당히 결이 다르지요?

A. 작풍이나 문체는 서로 상당히 다르지만, 그래도 저의 TL 작품에 "오랜만에 **소설**을 읽었다!"라고 댓글을 달아주신 분이 있었어요. 그게 '문학적'이라는 뜻이라고 한다면 저의 내면까지 완전히 달랐던 건 아닌 모양이에요.

Q. 『헌치백』에는 주인공이 "나는 종이책을 증오한다. (중략) 독서 문화의 마치스모를 증오한다. 그 특권성을 깨닫지 못하는 이른바 서책 애호가들의 무지한 오만함을 증오한다"라는 강렬한 구절이 있습니다. 이치카와 작가님의 현재 독서 환경은 어떻습니까?

A. 책은 대부분 전자서적으로 읽고, 그게 없을 경우에는 (없는데도 꼭 읽어야 할 때는) 아마존을 통해 종이책을 구입합니다. 인터넷 서점이 등장하기 전에는 부모님에게 목록을 적어주고 사다 달라고 하거나 통신판매를 이용했어요. 신간 정보는 문예지를 통해서, 혹은 출판사의 홍보용 소책자를 정기 구독해서 입수했죠.

6. 백화점에서 책을
구입하는 즐거움

Q. 지금까지 어떤 책을 읽어왔는지 소개해 주세요.

A. 언니에게서 물려받은 『셜록 홈스』가 처음 읽은 책이었
어요. 전집이었는데, 남은 게 두 권뿐이라서 다시 백화
점 서점에서 새로 번역된 전집을 나만의 책으로 한 권
한 권 사들였죠. 그게 일곱 살 때였어요. 백화점에 가서
책을 골라 사는 걸 좋아하는 아이였습니다. 그러다가
초등학교 5학년 때 코발트 문고를 만났어요. 재작년에
완결된 와카기 미오若木未生의 〈하이스쿨 오라 버스터〉
시리즈부터 시작해서 히무로 사에코氷室冴子, 마에다 다
마코前田珠子, 긴 렌카金蓮花, 히비키노 가나响野夏菜, 기카와
사토미樹川智美의 애독자였어요.

10대 후반에는 플라톤의 『국가』를 비롯한 철학서적들
을 읽었습니다. 소설로는 괴테의 『파우스트』 등의 고

전 번역서를 주로 읽었고… 10대 후반부터 오에 겐자부로, 시마다 마사히코의 팬이 됐죠. 20대 때 항상 곁에 둔 책은 생텍쥐페리의 『인간의 대지』였습니다. 지난번 아쿠타가와상 수상자 인터뷰에서 스나카와 분지 씨가 『인간의 대지』를 주둔지에서 읽었다는 얘기를 하시더라고요. "아, 멋있다"라고 생각했죠. 안타깝게도 저는 별다른 에피소드는 없습니다… (웃음) 특히 호리구치 다이가쿠堀口大學의 문체를 좋아했으니까 아마 제 문체도 그 영향을 받았는지 모르겠네요. 그리고 20대 후반부터는 간바야시 죠헤이神林長平와 하라 료原寮에 빠져들었습니다.

Q. SF와 라이트노벨에서 순수문학까지, 상당히 다양하게 써오셨다는 인상이 듭니다. 작가가 되는 데 있어서 특히 영향을 받은 작품이 있을까요?

A. 도스토옙스키의 『백치』, 사카구치 안고의 『만개한 벚

꽃나무 숲 아래』 정도라고 할까요. 『백치』는 세계 최고의 연애소설이라는 생각이 있어서, 라이트노벨 투고 시절에 썼던 소설의 여주인공은 모두 나스타샤 필리포브나를 닮은 캐릭터가 되어버리더라고요. 그냥 제 느낌일 뿐이지만.

인기 만화가 곧바로 애니메이션이 되고, 소설도 금세 애니메이션에 이어 영화로 제작되는 미디어믹스의 시대지요. "그렇다면 소설만이 할 수 있는 표현이란 무엇인가?"라고 생각해 본 적이 있어요. "사카구치 안고의 『만개한 벚꽃나무 숲 아래』 마지막 장면은 하나의 대답이 될 수 있지 않을까"라고 그때 생각했습니다. 매우 유현[8]한 이미지를 환기하는 장면인데, 문체에 이미지가 내포되어 있어서 오히려 영상으로 만들기가 어려운 것이지요. 문장 자체에 아름다움과 신비로움과 공간성이 일체화되어서 아무리 신神의 작화로 애니메이션을

---

8) 幽玄. 이치나 아취(雅趣)를 알기 어려울 정도로 깊고 그윽하며 미묘함.

만들어도 그 마지막 장면의 사카구치 안고의 문장은 당해내지 못할 거라고 생각해요.

7. '인간'의 정의는
너무 협소하다

Q. 소설을 비롯해 다양한 콘텐츠를 만들고 계시는데, 집필 외에는 어떤 걸 좋아하시는지요.

A. 일어나서도 빈둥빈둥하는 시간이 너무 많아서 부끄러울 정도예요. 일정표를 짜서 부지런히 움직여야 한다고 항상 생각은 하는데… 오후에 2시간 정도가 노트북으로 제대로 일할 수 있는 시간이고, 그다음은 아이패드 미니로 잡다한 글도 쓰면서 인터넷 세상을 헤매고 있습니다.

Q. 아이패드 미니에 이르기까지 다양한 기기를 활용해 집
필을 해오셨다고 하던데요.

A. 처음에는 도코모의 브라우저 보드, 그다음은 샤프의 자
우루스를 사용했어요. 지금의 아이패드 미니가 가장 마
음에 들어서 부디 없어지지 않았으면 합니다.

Q. 독서만이 아니라 글을 쓰는 데서도 마치스모를 느끼신
적이 있습니까?

A. 네, 그런 게 있죠. 원래 서양에서 온 이성주의는 생각하
고 발신하는 것을 인간으로서의 기본으로 여기지만, 그
건 인간의 정의로서는 너무 협소하다고 생각해요. 인간
에게서 태어나 인간의 총체의 일부를 이루는 건 인간
입니다. 생각하지 않더라도, 말하지 못하더라도, 쓰지
못하더라도. 하지만 이 사회는 읽고 쓰고 말하는 것을
기반으로 만들어져 있어요. 말할 수 있는 사람, 쓸 수

있는 사람의 언어가 강한 영향력을 갖게 됩니다. 그래서 중증 심신장애인의 대량학살 같은 일이 벌어집니다. 글쓰기를 신성시하는 건 이성주의를 강화하는 면이 있기 때문에 그리 바람직하지 않다고 생각해요.

Q. 『헌치백』에서 "숨 막히는 세상이 되었다"라고 하는 야후 댓글러나 문화인에 대해 인공호흡기를 달고 생활하는 주인공이 던지는 "진짜 숨 막히는 게 뭔지도 모르면서"라는 말도 인상적이었습니다.

A. 물론 '숨이 막힌다'라는 비유 자체를 부정하는 건 아니고, 절박한 궁지에 몰린 상황에서 나온 말이라면 진지하게 받아들여야겠죠. 『헌치백』의 그 대목이 보여준 것은 야후 댓글의 '뭔가 다 이해하는 척하지만 실상은 남의 일'이라는 느낌이었어요. 저는 그게 몹시 거슬리더라고요. 야후 댓글에 대해서는, 장애인 관련 기사에 달린 차별적 언사를 눈에 띄는 족족 신고하는 게 저의 취미예요.

8. 다음 작품의 구상

Q. 다음 작품의 구상에 대해 말씀해 주세요

A. 차기작으로 먼저 쓰려고 했던 것은 (메모를 보면서) 'AI 전자동 요양 침대와 와병 소녀 사이의 성장과 사랑'이라는 스토리. 제목은 『스파우스』⁹⁾로 정했는데, 이게 좀, 최근에 만난 소설 중에 크게 공감이 가는 작품이 있어서 그 작가의 다른 책들에까지 빠져드는 바람에… 그래서 일단 '스파우스'는 봉인해 두기로 하고, 지금 쓰고 있는 것은 '자신을 오토 바이닝거¹⁰⁾의 환생이라고 생각하는 여대생이 바이닝거의 주장대로 **여자에게 자아는 존재하지 않는다**는 것을 증명하기 위해서…' 라는 스토

---

9) spouse. 배우자.

10) 1880~1903. 오스트리아의 철학자. 기독교적 사상을 배경으로 철학·심리학의 견지에서 여성 문제를 다뤘다. 남성성은 능동적이고 윤리·논리적인 데 반해, 여성성은 수동적이고 비윤리·비논리적이라고 주장했다.

리입니다.

객체가 아니라 주체로서의 장애 당사자, 그 상像의 베리에이션이 점점 더 불어났으면 하는 마음이고, 그래서 저도 지금까지 해왔던 대로 변함없이 글을 써나가려고 합니다. 이건 라이트노벨 시절부터 해온 일이니까요.

Q. 전에 한 인터뷰에서 "나에게는 글을 쓰는 일밖에 없다. 나로서는 신체적으로 가장 편한 게 소설이었다"라고 하셨어요. 이치카와 작가님에게 글을 쓴다는 것은 어떤 의미일까요?

A. 어릴 때부터 구음構音 장애가 있어서 내 귀에는 괜찮은 발음으로 들리는데 상대에게 정확히 전해지는지는 모르겠다는(아무래도 전해지지 않았겠죠?) 느낌이 있었어요. 문자로 하면 정확하기도 하고, 기록이 되니까 확실하다는 신뢰성이 있습니다.

그렇게 글로 쓴 것을 다시 읽어보니 재미있었다, 그래

서 또 써본다. 그게 반복되는 것이죠. 사소한 메모가 됐든 소설이 됐든 마찬가지라고 생각합니다. 귀차니즘이 심한 편이라서 일기 같은 경우에는 쓰다 말다 하는데, 왜 그런지 소설은 마감 날에 맞춰 써내는 습관을 지금까지 유지해 왔어요. 예전에 쓴 것을 지금 다시 읽어보면 저 자신의 기호나 생각의 기록으로서도 재미가 있습니다. 그리고 누군가와 이야기할 때는 화제도 제한적이고, 이상한 말을 하지나 않을지 신경도 쓰이지만, 편지나 메일 이외의 글쓰기, 특히 소설이라면 자유롭게 저의 세계관으로 표현할 수 있어서 한마디로, 아주 편해요. 'Easy&fun!'입니다. 세상에 내놓기 위한 퇴고와 교정 단계에서는 지옥을 맛보게 되지만.

- 《문예춘추》 2023년 9월 호에서

모든 사람이
'제대로' 보이는 세상

  명문 사립대의 통신과정 대학생 이자와 샤카, 웹 소설
과 성인물 기사 알바를 하는 그녀는 목에 기관절개 호스
를 꽂고 등뼈는 S자로 심하게 휜 '미오튜뷸러 미오퍼시(근
세관성 근병증)'를 앓고 있다. 인공호흡기와 휠체어에 의지
해 살아가지만, 실은 요양 그룹홈 건물과 임대 물건의 소
유주이자 막대한 현금 자산을 가진 부유한 상속녀다. 중중
장애 입주자들과 간병인 외에는 만나는 사람도 거의 없이
졸업논문을 쓰고 한편으로는 조회 수를 노리는 야시시한
기사와 기묘한 트위터 댓글로 소일하던 그녀에게 우연히
'인간이 될 수 있는 기회'가 찾아오는데…

2023년 상반기 제169회 아쿠타가와상 수상작 『헌치백』은 일본 문학계와 사회에 큰 반향을 일으키고 있습니다. 우선 첫 부분의 적나라한 성적인 기사가 선량한(?) 독자들을 깜짝 놀라게 합니다. 보통 인간의 삶을 따라잡기 위해 "임신 중절"과 "다시 태어나면 고급 창부가 되고 싶다"라는 욕망을 드러낸 트윗 글은 큰 충격을 안깁니다. 지성인을 자처하면서도 장애인에 대한 배려는 스포츠계보다 못한 문단의 실책을 지적하고, 종이책이 S자로 휜 등뼈에 극심한 부담을 주는 것도 알지 못하는 서책 애호가들의 무지한 오만함을 여지없이 나무라는 데는 가슴이 뜨끔하지 않을 수 없습니다.

작가는 살기 위해 매일매일 몸이 파괴되는 중증 장애 당사자로서 이 소설을 썼습니다. 본문에서도 '당사자'라는 말은 중요한 키워드로 나오고 있죠. 비장애인 작가가 바라본 장애인의 묘사가 아니라 장애인 스스로가 작가인, 이른바 '당사자 문학'입니다. 그 밖에도 이를테면 글쓰기 교육을 받은 적이 없는 어르신들이 한 자 한 자 써 내려간 시와 구술口述, 현장 노동자나 성 소수자가 직접 써 내려간 작품

등을 문학으로서 받아들여 그 지평을 넓혀가려는 개념입니다. 생각해 보면 글재주 있는 작가가 제3자로서 그들을 묘사하는 것도 의미가 있겠지만, 당사자가 창작한다면 더욱더 진솔하고도 생생한 실감이 있겠죠. 그런데 문학에서 이런 작품들을 적극적으로 인정하고 발굴하려는 움직임은 그리 많지 않았습니다. 글을 잘 쓴다는 것이 훌륭한 작가의 가늠자라는 일반화를 일종의 '특권'으로 자각하고 그것을 내려놓았을 때, 비로소 발견할 수 있는 진실한 문학의 보물 창고입니다.

아쿠타가와상은 파격적인 모험에 도전하는 신인을 발굴하여 문단에 새바람을 불러일으키는 것으로 정평이 난 일본의 대표적 문학상입니다. 물론 상을 주는 것인 만큼 상당한 수준의 글재주(스킬이라고 할까요)도 필요하겠죠. 『헌치백』은 시사성 넘치는 비유의 풍자문학으로서 손색이 없습니다. 순수문학이 외면해 왔으나 이미 현실이 되어버린 인터넷 언어를 과감히 꾸려 넣은 실험성도 뛰어납니다. 강렬한 메시지는 물론, 구성력은 참으로 칭찬할 만합니다. 특히 마지막 부분의 짧은 글로 소설 전체를 뒤엎는 또 다른 세계가 입체적으로 변환하면서 전혀 다른 가정을 펼쳐갈 수 있다는 게 대단합니다. 샤카釋華와 샤카紗花와 Buddha의 세계를 곰곰 되짚어 볼 대목입니다. 그리고 당사자의 목소리만이 낼 수 있는 깊은 부르짖음이 독자의 가슴을 칩니다. 작가의 타고난 재능이 오랜 세월 독서와 집필의 단련을 거쳐 고통스러운 몸의 언어와 결합했을 때, 마치 둑이 터지듯이 단숨에 쏟아져 나오는(자동기술이라고 하던가요) 기적의 명작이 아닌가 싶습니다.

『헌치백』은 이치카와 사오의 데뷔작입니다. 아직 어떤 공식적인 성과물도 없었던 신인의 첫 작품을 눈 밝게 알아보고, '아쿠타가와상에 빨간 스프레이를 뿌린' 듯한 이 소설에 상을 수여하기로 결정한 아쿠타가와상 심사회에도 경의를 표한다는 얘기가 들려옵니다. 실은 이치카와 사오 씨, 지난 20여 년 동안 라이트노벨을 비롯한 각종 문학상에 해마다 빠짐없이 응모해 왔다고 하네요. 역시 괜히 상을 탄 게 아니죠. 9명의 심사위원이 개인적인 호오好惡는 있었으나 거의 대부분 극찬을 아끼지 않았습니다. 비교적 이른 단계에서 만장일치로 수상작이 결정되어 발표 시간을 앞당겼을 정도라고 합니다. 각 심사위원의 심사평을 살펴보면 고개가 끄덕여집니다.

"이제껏 맞닥뜨린 적도, 상상한 적도 없는 삶의 모습이 생생하게 문장으로 활사活寫되어 독자의 정서를 거칠게 뒤흔드는 충격적인 내용이다." _마쓰우라 히사키松浦寿輝

"또 한 명의 샤카紗花가 등장해 샤카釋華를 좀 더 웅숭깊게 만드는 마지막 부분에는 내면의 타자가 글쓰기의 자유를 손에 넣고 비상하는 순간이 새겨져 있다." _오가와 요코小川洋子

"힘찬 텍스트로서 단연 돋보인다. (…) 직감에 몸을 맡기고 매력적인 텍스트를 빚어내는 재능에서 특별한 면이 있다고 할 것이다." _오쿠이즈미 히카루奥泉光

"장애인의 입장에서 우리 사회의 기만을 비평하고 해체하고 재구성을 촉구하는 도발로 가득 차 있다. 문체에는 지적인 중층성이 있고, 표현 또한 잘 갈고 닦였다. 특히 리프로덕티브 라이츠에 있어서 장애인의 자리매김을, 낳는 측과 출생 전에 살해되는 측의 양쪽에서 논하고, '죽이기 위해 잉태하려고 하는 장애인'의 이야기로서 구상한 점, 그것을 스스로의 빈사의 '사고'와 표리表裏로 그려낸 점, 섹스와 금전을 둘러싼 윤리를 패러디로 첨예화하는 데 성공한 점 등 이 책이 우리에게 들이미는 질문의 기백氣魄은 독자에게 안이한 대답을 허락하지 않는다."_히라노 게이치로平野啓一郎

"아무튼 이 소설은 강력하다. 문장 하나하나가 강하고 생각이 강하다. 약자인 작자가 약자의 이야기를 썼을 터인데도 이곳에는 털끝만큼의 약함도 없다. (…) 작가 자신의 인간적 성숙이 이 강함을 낳고, 나아가 독기 있는 유머를 낳았다. '다양성을 어디까지 받아들일 수 있고 이해할 수 있는가'라고 윗선의 눈높이에서 던져보는 작금의 미적지근한 문제 제기를 『헌치백』은 그야말로 유쾌하게 걷어차 버렸다."_요시다 슈이치吉田修一

"주인공이 펼쳐나가는 악담의 카덴차는 위악을 뚫고 나가 독특한 풍자와 해학을 빚어내고 깨달음의 경지에까지 도달했다. 언어도 뼈도 구부러졌지만, 마음은 불굴이다. 자발적 복종자들로 우글거리는 이 나라에서 불복종을 관철하는 주인공의 긍지에 경의를 표한다. (…) 에필로그에서는 한 소설가의 탄생을 엿볼 수 있었다."_시마다 마사히코島田雅彦

"문학적으로 희유한 TPO의 혜택을 받은 것은 물론, 오래도록 읽고 써온 사람만이 도달할 수 있는 걸작이다. 문장, 특히 비유가 솔리드한 게 최고다! 이 매력적인 욕설을 좀 더 많이 읽고 싶었다."_야마다 에이미山田詠美

"객관성을 확보한 묘사, 꼭꼭 접어 숨겼으나 확실하게 존재하는 유머, 교묘한 오락성. 소설의 감을 모조리 알고 있는 작가다. 가장 먼저 이 작품을 추천했다."_가와카미 히로미川上弘美

"상식적인 사고를 휘저어 버리는 가속도 있는 언어의 전개는 주인공이 처한 상황으로 인해 생겨난 것이 아니라 소설이 소설로서 낳아준 것이다. (…) 결말은 전체를 상대화하는 중요한 장치인 동시에 묘사된 인물의 사고에서 외부로 뛰쳐나온

의지의 빛으로 받아들이고 싶다.”_호리에 도시유키堀江敏幸

번역을 하는 동안 여성 장애인 활동가들의 삶을 인터넷 검색으로나마 살펴볼 수 있었습니다. 제1세대로서 평생 장애인 인권보장과 여성운동에 헌신해 온 요네즈 도모코, 리프로덕티브 라이츠(임신 출산 피임 등에 관해 개인, 특히 여성 스스로 결정할 권리)를 이끌어 낸 아사카 유호와 그녀의 딸 우미, 그 이름을 이 자리에 기록해 두고자 합니다. 또한 그들을 뒷받침해 준 수많은 후원자들의 노력을 기억하려고 합니다. 우리 사회에서 함께 살아가는 모든 사람이 ‘제대로’ 보이는 세상을 꿈꿀 수 있다는 게 이 소설이 가진 가장 큰 가치인지도 모르겠습니다.

우아앗, 허거걱, 하는 신음 소리가 흘러나오는 충격적 풍자의 묘미, 그리고 인간을 바라보는 시각이 매우 큰 폭으로 바뀌는 소설이라니, 웬만해서는 만나기 어렵겠지요. 이 경이로운 책과 우리 독자와의 만남을 바라 마지 않습니다.

양윤옥

헌치백

초판 1쇄 찍은날 2023년 10월 20일
초판 1쇄 펴낸날 2023년 10월 31일

지은이 이치카와 사오
옮긴이 양윤옥
펴낸이 한성봉
편집 김학제·신소윤·전소연
콘텐츠제작 안상준
디자인 권선우·최세정
마케팅 박신용·오주형·박민지·이예지
경영지원 국지연·송인경
펴낸곳 허블
등록 2017년 4월 24일 제2017-000050호
주소 서울시 중구 퇴계로30길 15-8 [필동1가 26] 2층
페이스북 www.facebook.com/dongasiabooks
인스타그램 www.instagram.com/dongasiabook
블로그 blog.naver.com/dongasiabook
홈페이지 hubble.page
전자우편 dongasiabook@naver.com
전화 02) 757-9724, 5
팩스 02) 757-9726

ISBN   979-11-93078-17-4 03830

※ 허블은 동아시아 출판사의 문학 브랜드입니다.
※ 잘못된 책은 구입하신 서점에서 바꿔드립니다.

만든 사람들
책임편집 김학제
크로스교열 안상준
표지디자인 권선우
표지이미지 권선우, Midjourney
본문디자인 최세정